▲懂得理財的女人，不只掌握財務，
更能掌握人生，做自己命運的女王。

Contents

Contents

序言 //

給每一位
渴望掌控人生的妳

揭開這頁的妳，有沒有停下來想過，未來會是甚麼模樣？

剛滿 25 歲的妳，剛踏入社會，滿懷夢想，希望證明自己的價值。然而，現實卻像一盆冷水 —— 生活成本高得嚇人，薪水總是追不上開支。

可能 30 歲的妳，事業漸入佳境，收入比從前多了一些，但每個月的各種開支還是讓妳喘不過氣。買樓？結婚？投資？妳發現，單靠存錢遠遠不夠，財務其實悄悄影響著人生每一個決定。

到了 35 歲的妳，或許已在職場站穩，甚至開始肩負家庭責任。收入增加了，但壓力也更大，妳不禁問自己：「我真的掌控了自己的生活嗎？」財務不再只是數字，而是決定妳能夠「唞氣」的關鍵。

40 歲的妳，回望過去 20 年才明白：財務的意義，不是讓妳變成富婆，而是讓妳擁有「選擇權」：選擇喜歡的工作、想要的生活、成為真正的自己。

這本書，就是為妳而寫，陪伴妳在這「黃金 20 年」裏，從掌控財務，走向掌控人生。

我是 Kathy Chu，一個出身公屋的普通女生。曾經，我以為努力工作，就能改變命運。可現實教會我：有錢不等於掌控財務，掌控財務也不只是數字遊戲，而是人生的主導權。我走過會計師、大學講師的日子，最終成為財務策劃師。一路上，我見過太多女生的財務故事：有賺得多卻焦慮的職場女強人，有過份謹慎錯失機會的保守派，也有對理財一竅不通、最終後悔把人生交給別人的女生。這些經歷讓我醒悟：財務不是專家的事，而是每個女生都該掌握的能力。

不學財務，問題不會自動消失；學會財務，妳才能在未來20年，甚至40年的人生裏，擁有說「不」的勇氣，擁有選擇的自由。

這本書，有我遇到的很多故事，也有我的人生經歷以及理財哲學，並不是要教妳變成財經天才，而是希望帶妳一步步找到屬於自己的財務掌控之道，讓妳在這20年的黃金歲月中，不再被金錢牽著走，而是真正成為自己人生的主人。

▲踏入保險界令我明白到財務掌控的重要性，也改變了我的人生軌跡。

推薦序 //

女生的絕對魅力，由理財起步！

Andrew Chow
高級區域總監
COT LifeMember
SV.Pionner 創辦人

何謂理財？簡單來說，是「人搵錢」與「錢搵錢」的分別。許多人在四、五十歲達到人生高峰，卻因突如其來的變故瞬間跌落低谷，此時才想「錢搵錢」往往太遲。

其實，理財不僅是數字的增長，更是開啟無限可能的智慧。

對女生而言，理財是一種「絕對魅力」。懂得理財的女生，能追逐夢想、實現自我，以獨立姿態迎接愛情與幸福。理財是「修身」的起點，讓妳綻放光芒；是「齊家」的基石，支撐事業與家庭；更是「平天下」的開端，讓幸福融入每一天。

本書作者 Kathy 以女性視角，細膩分享理財真諦。她是傑出的會計師，精通會計、審計與稅務，在理財策劃領域展現非凡專業。我在這行業打滾近二十年，見過無數專家顧問，但 Kathy 的穩重與洞見，令我印象相當深刻。

這本書是每位渴望幸福的女生的必讀指南，讓妳未來擁有更多選擇與底氣，散發歷久常新的魅力！

推薦序 //

跑出無悔：
以財務掌控點燃女生夢想

姚潔貞
女子長跑運動員
香港前奧運代表
現為專業理財顧問

作為香港女生，人生規劃是必須學懂的一課。

作為香港田徑運動員，我深知「掌控」對人生的意義。每一次長跑，都需要周詳的體能分配和規劃。十多年前，我放棄穩定護士工作，追隨日本教練到海內外集訓，終在 2016 年里約奧運圓夢參與。2020 年由於 Covid 疫情，打亂了我們的東京奧運計劃，幸好當初在里約的果斷行動，才讓我無悔追夢，人生得以在奧運賽場亮相。

我這份未雨綢繆的運動員人生規劃，與 Kathy Chu 在這本書中分享的「財務掌控」理念不謀而合。

香港女生背負租金、職場與家庭重擔，但只要憑著適當的規劃，一樣可以取得自己想要的人生。Kathy 這本書正是告訴我們：財務掌控不僅是理財，更是為父母、子女與自己建立「保護網」每個香港女生都應讀這本書，因為它點燃自主的火花，讓妳在黃金 20 年勇敢規劃人生，活出無憾的精彩！

推薦序 //

以理財之名，
編織更有愛的人生

Janet Ip

三個孩子的靚靚媽媽
香港資深美業人
創立 28 家美容機構
團隊人數 400+

我來自一個八兄弟姊妹的大家庭，親情濃厚但也常因錢銀問題爭執。長大後，我決心讓家庭不再為錢煩惱，因為我相信，經濟穩定是幸福的根基。有錢，愛與歡笑自然來；無錢，夫妻之間容易生怨。

作為女生，理財不只為自己，更是為了家，讓父母安心退休，讓子女快樂成長，讓愛情更加穩固……。這本書就像是一封寫給女生的情書，教我們用理財追尋人生意義。理財不是只是計數，而是與摯愛創話幸福的藝術：每星期和另一半計劃生活，每個月增添快樂，每一年實現夢想。這些小事，藏著相處的大智慧。讀懂這本書，妳就學會用理財為家人打造充滿愛的未來。

作者 Kathy 是我眼中的「神奇女俠」。她婚姻幸福、孝順父母，職場上帶領團隊展現魄力。她的圓滿人生，來自聰明的理財與井然有序的規劃。無論是妻子、女兒或領袖，她都散發耀眼魅力。

親愛的妳，翻開這書，為愛理財。讓未來每一天，都因妳的智慧充滿愛的溫度！

推薦序 //

為了妳的人生自由，
就細味Kathy的故事吧！

Brian Lee
銷售文案小書僮

接觸 Kathy 之後，讓我深深體會到，一個懂得為自己做好理財、做好人生規劃的女生，是多麼的有魅力！她從公屋女生到財策領袖的逆境求變，從「每月搲搲緊」到現在「財務自主」的步伐，值得每個香港女生的借鏡。

在本書中，Kathy 用真實案例以及她獨創的財務掌控方法，揭示女生如何在香港這個「壓力爆煲」的環境中，一步步掌握 100% 屬於自己的人生。

這書發人深省，因為它不僅教理財，更讓人反思：金錢背後，是選擇自由的勇氣。無論男女，這書都提醒我們：掌控財務，就是掌控命運！

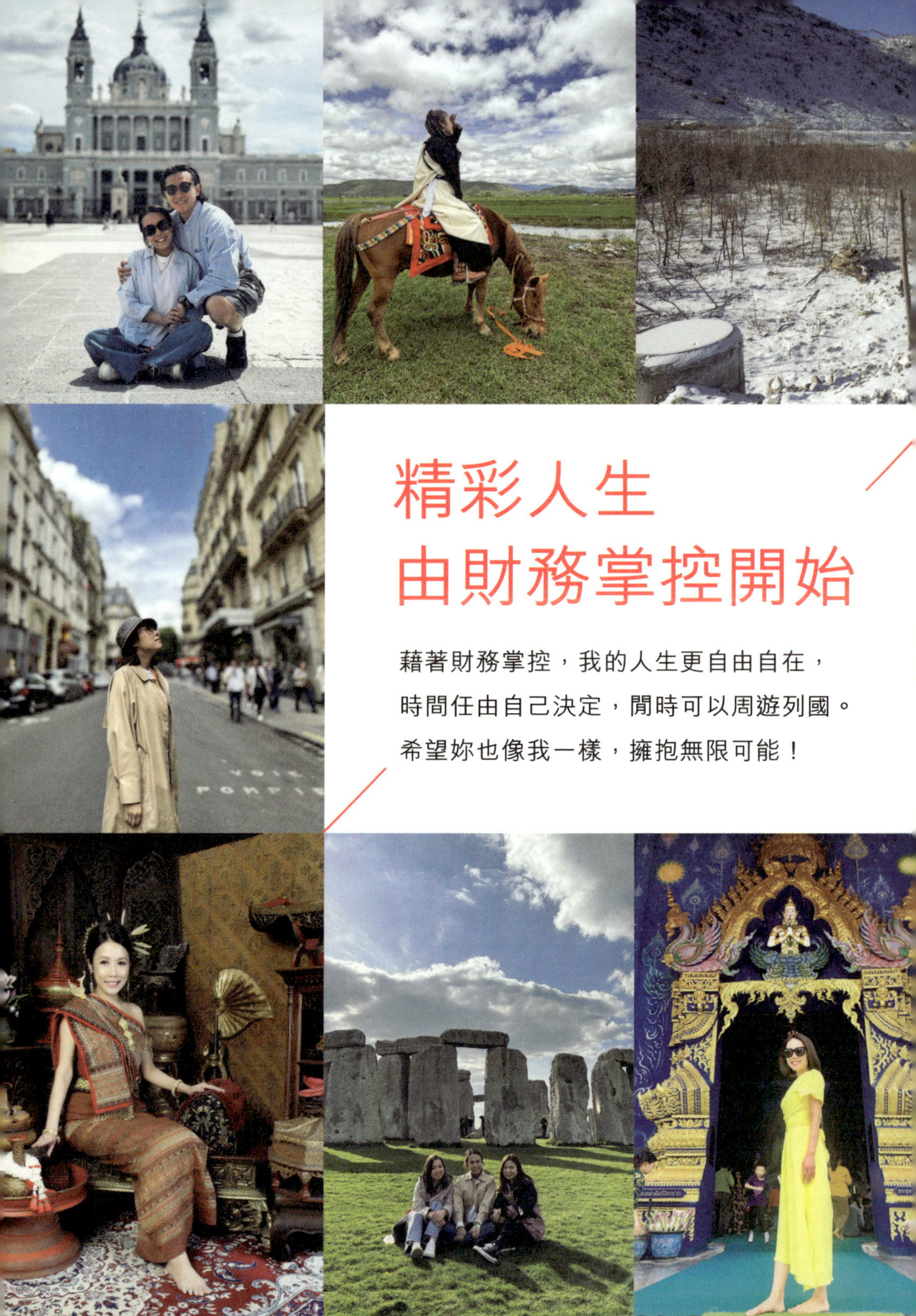

精彩人生
由財務掌控開始

藉著財務掌控，我的人生更自由自在，
時間任由自己決定，閒時可以周遊列國。
希望妳也像我一樣，擁抱無限可能！

LOEWE
LOEWE

Chapter 1 >

香港女生 為何必須做好 **財務掌控？**

姊妹們，請想一想……

妳是否曾經在深夜裏，盯著銀行戶口裏的數字，然後無奈嘆謂？

或許妳剛剛收到薪水，卻發現還沒到月底，錢已經花得七七八八？

又或許妳看著身邊的朋友一個個「上車」買樓，而自己卻連首期都存不下來？

這些瞬間，是不是讓妳覺得，生活好像永遠比想像中，更沉重？

// 香港女生的財務壓力有多大？

作為香港女生，我們面對的財務壓力，從來都不簡單。物價高企，租金貴得讓人咋舌，通脹年年上升，可薪水卻像蝸牛爬行，總追不上生活成本 —— 個人保養、結婚生子、孝順父母……，每一項都像無底洞，讓妳喘不過氣。

更別提那個永遠繞不開的問題：「買樓還是交租？」對很多香港女生來說，這不僅是財務抉擇，更是人生方向的掙扎。買樓，意味著背上數十年的按揭，變成「樓奴」；繼續租樓，卻像把錢丟進水裏，年復一年，甚麼也留不住。這種進退兩難的感覺，妳是否也曾經歷過？

職場上的玻璃天花板，是另一個讓我們無奈的現實。當妳努力工作，卻發現同樣資歷的男同事，早已坐上更高位置，拿著更厚薪水。[1] 結婚生子後，財務決策權可能不知不覺被家庭牽制——「老公說投資這個好，我就跟著做吧」、「爸爸說買樓最穩陣，那就聽他們吧……」。這些聲音，慢慢讓妳忘了，自己的財務，其實應該由自己掌控。還有退休的隱憂。女生的平均壽命比男性長，但我們的退休儲蓄卻往往不足。妳有沒有想過，當妳60 歲、70 歲時，手上的錢夠不夠支撐餘生？如果現在就不開始做好規劃，人生老邁的時光，會不會只能依靠別人？

為何在香港這個國際都會，女性相對地更多機會之下，卻依然有這般的「財務不安全感」。或許，傳統觀念，一直悄悄綁住妳的手腳。

「女人不用賺太多，反正以後會有人養」

「女生天生不擅長數字，理財就交給男人吧」

這些話，妳是不是聽過無數次？從小到大，這些傳統價值觀像無形的枷鎖，讓我們覺得理財是「別人的事」。於是，很多女生在面對「買樓、投資還是儲蓄」時，總是選擇最保守的那條路 —— 把錢存在銀行，然後祈禱「通脹」別來搶走辛辛苦苦存下的積蓄。

但真相是甚麼？通脹不會停下來等妳，銀行的利息低得可憐，妳存下的錢，可能十年後連買杯咖啡都不夠。我們害怕風險，卻忘記了【不行動】本身就是最大的風險。

如果不掌控財務，妳的未來會怎樣？

想像一下，10 年後的妳，會是甚麼樣子？如果妳繼續讓財務隨波逐流，可能還是每天為錢煩惱，為了一份不喜歡的工作「捱生捱死」，甚至連轉工的勇氣都沒有。當生活出現突發事件，比如失業、生病、家庭變故，就更會手足無措，因為沒有足夠的積蓄做後盾。

更可怕的是，妳可能會失去選擇的權利。想辭職旅行？沒錢，想都不敢想。想給孩子更好的教育？沒錢，只能妥協。想讓父母安享晚年？還是沒錢，只能無奈搖頭。這種被金錢牽著鼻子走的人生，是妳想要的嗎？

// 財務掌控帶來的自由人生

如果學會財務掌控，妳的人生會有多不同？

現在，換個角度想想。如果妳從今天開始，學會掌控自己的財務，會發生甚麼？

25 歲的妳，可能不再只是埋頭苦幹，而是懂得把薪水至少分成三份：一份儲起來，一份投資，一份享受生活。30 歲的妳，或許已經存下買樓首期，甚至開始不同類型的投資，「讓金錢幫妳賺金錢」。35 歲的妳，可能有了穩定的現金流，不用再為每月帳單失眠，甚至能勇敢跳出舒適圈，追求真正想做的事。40 歲的妳，終於能鬆一口氣，因為妳知道，未來的路已經鋪好，無論是退休還是享受人生，妳都有底氣向不喜歡的事情說：「No」。

財務掌控，不是讓妳變成億萬富翁，而是讓妳擁有選擇權。

想換工作？可以。

想旅行半年？沒問題。

想對不喜歡的事「Say No」？當然有這個自由。

這種人生，是不是聽起來就讓人心動？更讓妳找到靈魂。

如果妳也想要這種生活，這本書，就是為妳而寫的。

身為女生，我們的財務需求，和男性不一樣。我們更在意現金流的穩定，更希望兼顧家庭與自我成長，更需要一份安心感。而這本書，就是從女生的角度出發，帶妳走出財務困境，找到屬於自己的掌控之道。

我叫 Kathy，和妳一樣，我也曾經迷茫過、掙扎過。但我發現，財務掌控不是與生俱來的，而是可以學習的技能。從粉嶺公屋走到今天，我用 20 年的時間，證明了只要願意行動，每個女生都能從財務掌控，之後好好掌控自己的人生。

接下來，我會分享我的故事，還有許多真實案例，以及一些女生必學的財務知識，讓妳看到，財務自由是一個可以達到的階梯之餘，「人生自由」也是妳能夠終極追求的目標。只要妳願意翻開這本書之後的每一頁，屬於妳的「黃金 20 年」，就從現在開始。

▲做好了財務掌控，我的人生更自由，隨時與另一半出發去旅行見識世界。

Chapter 2 >

我也曾迷失10年

有沒有試過在人生某個瞬間，覺得自己像隻「盲頭烏蠅」，飛來飛去卻找不到方向？辛苦工作、辛苦賺錢，並不等於人生有了方向。

令我找到方向的，是明白到怎樣去「理財」，讓財富給予我更大的話語權，剔走我所有不喜歡的事情。每一步走來，方向才逐漸明確。説真的，看著現在的我（差不多 40 歲），能夠自信地說「我掌控了自己的財務，也掌控了人生」，我都覺得有點不可思議。因為 25 歲那年，我還是一個連下個月租金都擔心的公屋女孩，完全不知道未來在哪裏。

我出生在一個普通的公屋家庭，爸爸是電車司機，每天早出晚歸；媽媽則是家裏的頂樑柱，一個人撐起我和家姐的生活。她很強勢，也很開明，甚至在我小學時就給我一張提款卡，讓我自己決定怎麼花零用錢。當然，她也會提醒我：「要量入為出，節儉是美德。」那時候，我對金錢的第一印象，就是「不能亂花，要守住」。

這種「慳住洗」的觀念對我影響極深。相信不只我，妳的父母也極有可能向妳這樣説過，對吧？

//「這樣的人生，還能撐多久？」

中學時，我讀的是理科，可惜會考之後無法原校升讀，唯有轉去恒生商學書院。那是我第一次接觸商業和財務的世界，但説實話，當時的我只覺得「讀書好累、考試好難」，絲毫沒有把握增進理財知識的機會。甚至後來升到大學會計系，仍完全提不起興趣，老是「走堂」導致成績慘不忍睹，GPA 只有 1.X，差點連榮譽學位都拿不到。畢業那天，我抱著證書，心裏空空的，不知道下一步該往哪走。

當時我只有一個想法：「求其找一份工作，每個月有收入，至少也能『吊鹽水』。」

於是，我畢業後在中環一家小會計師事務所找到第一份工，每天對著數字，查帳查到眼花。做了 3 個月，一個朋友介紹我跳槽去一間幾百人的大公司，繼續做審計。那幾年，我的生活就是日夜加班，試過一次忙到半夜，壓力大得嘔出來，真正感受了一次「做嘢忙到嘔」。

那一刻，我真的覺得：「這樣的生活，我還能撐多久？」

// 從「公屋妹」到財務自由

為了考取專業資格，我報了 ACCA（國際註冊會計師），可考了好幾次都失敗，成績單寄來時，我連拆開的勇氣都沒有。30 歲之前，我就像個機器，每天聽別人指揮，努力賺錢卻不知道為甚麼。看著身邊有人年薪過百萬，我卻每個月儲一萬塊積蓄都覺得很吃力，心裏總有個聲音在問：「難道我這輩子就這樣了？」

是的，要尋求改變了！

2010 年，一個偶然的機會改變了我，因緣際會之下知悉 IVE（職業訓練局）有個教書空缺。我當晚就寄出 CV，沒想到兩天後接到面試通知，然後就開始了全職講師的工作。教書的日子，讓我重新拿起會計書本，逼著自己好好把審計、稅務、法律知識溫故知新。那段時間，我才明白做事不能只看表面，要找到底層邏輯。原來人生有時和考試一樣，不單止要努力溫書，也要懂得「貼題」，要明白人家怎樣「出卷」。當妳是考試官，妳就會明白出卷的邏輯。我開始認真準備考試，還記得考 Advanced Taxation Module 時，我竟然拿了全港第一名，順利拿到執業資格。

那段日子，我開始反思如何做一個【考官】，而不是一個【考生】。這種想法上的「開竅」，讓我萌生了轉行的念頭。

當時我有「秘撈」幫人報稅，發現很多保險從業員年薪動輒幾百萬，而且又有「時間自由」，這讓我非常心動。於是，我毅然轉行加入 AIA。剛入行時，我完全不懂怎麼跟人溝通，大學時也有人招募我做保險，但我嫌麻煩沒去做。可 30 歲那年，我告訴自己：「再不試，就真的晚了。」沒想到，入行第 13 個月，我就簽下一張大單，賺了 7 位數佣金。那一刻，我坐在家裏，手握支票，眼淚差點掉下來。不是因為錢多，而是我終於明白：原來我可以靠自己的決定，改變人生。

放棄一份穩定專業人士職業，轉為加入競爭極大的保險業，家人批評我拿事業來「賭」，不是一項明智之舉。那一刻，我有一股難以置信的倔強，深信自己可以透過轉換工作來找到人生方向。我已經浪費了 10 年時光，我不想再浪費多 10 年了。最終，我真的成功找到我想要的東西 —— 掌控財富、掌控人生！

說起來，我的賭性其實從小就很強。18 歲時，我就偷偷用媽媽的戶口炒股票，輸過也贏過，但學會了怎麼管理風險。30 歲轉行保險，也是我自己拍板，完全不怕失敗。這種「豁出去」的性格，讓我不介意財務上的焦慮，反而享受挑戰的過程。

40 歲的我回頭看這一路走來，我不是含著「金鎖匙」出生的女孩，也不是天生的理財高手，但我願意學習、嘗試、調整。沒甚麼是不可能的。

// 如果我能做到，妳也可以

只要找到自己的方向，妳也可以，像我一樣掌控財富，繼而掌控人生。

寫下這些，不是為了炫耀，而是想告訴妳，如果我這樣一個普通的香港女生都能做到，妳也可以。25 歲時，我迷茫得像個沒方向的小孩；30 歲時，我還在為生存奔波；但 40 歲的今天，我能自信地說，我有權向很多事情 Say No。財務掌控，不是甚麼高深的學問，而是妳願不願意為自己踏出第一步。

妳可能會怕輸，怕錯，怕自己不夠聰明。

我明白，因為我也怕過。

但我還是選擇去做，因為我知道，不行動，才是最大的遺憾。

請妳不要像我一樣，白白迷失了 10 年時光。

▲投身保險業改變了我的人生走向，也令我的「財務」有了全新的認知。

Chapter 3 //

理財，
是為了人生
更有選擇權

曾幾何時，我覺得理財是一件很複雜的事，聽到「投資」、「槓桿」、「資產配置」這些詞，就覺得頭痛。但後來，我發現，理財不是男人的專利，也不是甚麼高深的學問，而是每個女生都值得擁有的一種能力。尤其是我們香港女生，面對高物價、高壓力，更加需要一套屬於自己的財務法則，去守護自己的未來。

回想我從粉嶺公屋走到今天，成為一個能在 40 歲自信說「我掌控了人生」的女人，這一路並不容易。但正因為我走過迷茫、試過失敗，才明白財務掌控對女生的意義有多大。我不是天生會理財，也不是含着金鎖匙出世，我只是個普通女孩，和妳一樣有過掙扎、有過迷失。但我學會了改變，而妳也可以。

// 女生的理財，和男人不一樣

身為女生，我們的財務需求真的和男性不太一樣。

男人可能更在意財富數字的增長，喜歡追逐高風險高回報的投資，但我們呢？我們更希望有一份「安全感」。試想想，妳是不是經常擔心「萬一失業，點算？」、「萬一父母有事，我有沒有錢應付？」這些問題，可能比賺多少錢更常出現在妳的腦海。這種對穩定現金流的渴望，才是我們女生的擔憂。

妳又有沒有發現，我們的人生角色，總是比男人多了一重？25 歲時，妳可能在職場拼命衝刺；30 歲時，開始考慮結婚生仔；35 歲時，要兼顧事業和家庭；40 歲時，又要為退休打算。每個階段，我們都需要錢去支撐不同的夢想——可能是買樓給自己一個家，可能是給孩子更好的教育，也可能是讓自己變得有底氣，離開一份行屍走肉的工作。這些需求，讓我們的理財不能只停留在「存錢」，而是要學會「讓錢為我們工作」。

記得 30 歲轉行做保險之前，我對理財的理解就是「慳住使」。但當我看到身邊有些女同事，收入明明不高，卻能過得輕鬆自在，我就開始反思：為甚麼她們可以，我不可以？後來我發現，原來理財不是單純存錢，而是要找到平衡 —— 既要有穩定的現金流，又要讓財富慢慢增值。這一點，對我們尤其重要，因為女生不能只要生存，更要活得有選擇權。

// 我的「3P 財務掌控法」：簡單，但有用

經過這些年的跌跌撞撞，我總結了一套屬於自己的理財法則，我叫它「3P 財務掌控法」：

- ▶ **Purpose（目標）**
- ▶ **Planning（規劃）**
- ▶ **Patience（耐性）**

這不是甚麼複雜的理論，而是我從自己的經驗裏摸索出來的心得。它們簡單易做，並能夠幫妳一步步達到財務掌控。

Purpose 理財是為了無悔選擇

我 30 歲轉行時心裏很清楚，想改變的不只是收入，而是那種「被錢牽着走」的感覺。那一刻，我給自己定了一個目標：我要讓財富成為我的工具，而不是我的主人。為甚麼這值得「妳」參考？因為我知道，很多香港女生和我一樣，從小被教「量入為出」，卻沒有人告訴我們，錢不只是用來守住，還可以用來開拓人生。妳可以問問自己：我想用錢實現甚麼？是買樓？是去旅行？是追夢？有了目標，理財就不再是苦差，而是為自己而做的「無悔選擇」。

Planning 四大支柱搭起安全網

有了目標，下一步就是規劃。我轉行做保險後，第一張 7 位數佣金單讓我明白，單靠一份人工是走不遠的。於是我開始學會把財務分成四個支柱：

（1）收入

（2）儲蓄

（3）投資

（4）消費

聽起來好像很專業，但其實很簡單。就像我當年教書時，重新溫習税務知識，才發現「底層邏輯」有多重要，理財也是這樣。比方説，收入是起點，但不能只靠一份人工，而是要想想有沒有「秘撈」機會，像我當年幫人報税一樣。儲蓄呢？我會建議至少留 6 個月生活費，萬一有事不怕「手足無措」。投資是我後來才摸索的，18 歲炒股輸過不少，但也學會了風險管理。最後是消費，妳當然要享受人生，但不能讓它吃掉所有努力。

Patience 謹記「欲速則不達」

最後一點，也是我覺得最難的，就是耐性。轉行保險後，我花了 13 個月才簽到第一張大單，中間有多少次想放棄，妳可能想像不到。但我告訴自己：「慢慢來，總會有回報。」結果真的等到了那一刻，手握支票時，我覺得一切都值得。

很多時候女生很容易被短期的壓力影響——同事買了名牌包包，自己也想跟風去買；朋友話某隻股票很好賺，於是就衝動入場。但我用 10 年的迷失，所換來的覺悟是：理財不是一夜暴富，而是長遠的遊戲。妳不需要急，只要每個月做一點，比如存多幾千蚊、多學一種投資工具，慢慢地，妳會發現自己愈來愈有底氣。

財務掌控是行動的累積

說到這裏，妳可能會問：「Kathy 嘅故事好勵志，但我同妳不一樣，點樣做得到？」我明白這種感覺，因為我也曾經覺得自己無能為力。然而，我的遭遇之所以值得「妳」參考，不是因為我有多麼特別，而是因為我證明了，財務掌控不是天賦，而是行動的累積。妳不用一開始就懂所有投資知識，也不用馬上有百萬存款，只要願意踏出第一步，妳就會發現，原來自己也可以很厲害。

不單止我的個人經歷，這些年我接觸逾千位女生，目睹或聽聞過很多光怪陸離的故事。不同的人生走向，都會被金錢影響，有短時間暴富的情況，也有現在仍然苦苦掙扎的遭遇。接下來，我會分享一些真實的見聞，並總結成 8 個女生不自覺地跌入的財務陷阱。可能，妳身邊也有朋友正經歷這些陷阱；又或者，縱使妳現在仍未遇到，但看完這些故事之後，能讓妳未來理財時更有警惕。

// 女生達成財務掌控

必須知道的8個財務陷阱

Chapter 4 //

陷阱 1

收入增加 ≠ 財富增長

▲人工多了，但錢卻依舊「唔襟洗」？這就是我見過最多香港女生跌入的財務陷阱。

想像一下某個晚上，妳剛收到薪水通知，加薪的消息讓妳忍不住在餐廳多點了一支紅酒，心情靚到不得了，覺得「辛苦咗咁耐，終於有回報，終於可以獎勵自己」。可是到了月底，戶口積蓄還是老樣子，甚至仍然是「月光族」。加薪的喜悅呢？原來早已一閃即逝。

正在打工的姊妹們，有沒有試過這種感覺 —— 人工多了，但錢卻依舊「唔襟洗」？這就是我見過最多香港女生跌入的財務陷阱：收入增加，財富卻不升反跌。為甚麼會這樣？因為我們很容易掉進「消費升級」的圈套。

加薪了，就想食好一點、買貴一點，要好好獎勵自己。但結果呢？賺得多，用得更多，「銀行存款等如零」。這種故事，我聽過太多，也親身經歷過，所以我知道，這絕對值得「妳」停下來想想。

// 加薪後的我，也曾迷失

説起來，我並非一開始就意識到這個陷阱。30 歲轉行做保險前，我還是個會計師，每天 OT 到半夜，收入雖然不算少，但總覺得「捱得好辛苦」。有一次好不容易加薪幾千蚊，我開心到即刻同朋友去尖沙嘴食 Buffet，還買了一個新手袋犒賞自己。那一刻，我覺得自己很成功，很有價值。但月底一看戶口，錢比之前更少，我才驚覺：「原來加人工唔等於有錢，只會導致更多藉口去洗錢」。

香港女生的生活壓力大到不得了，加薪對我們來説，像一劑短暫的止痛藥，讓人忍不住想「鬆一鬆」。然而若果不改變花錢的習慣，加薪只會讓妳更忙、更累，而不是更自由。直到我轉行後，遇到一位客戶，才真正讓我學懂怎麼打破這個陷阱。

▲用保單鎖住一部份的錢，既是強迫儲蓄，又有穩定回報。

// 務實理財智慧：加人工就買保單

那是一個普通的星期二，我在辦公室見到一位從事文職的客戶，名叫阿欣。她大約 30 出頭，收入不算高，但每次加薪，她都會做一件很特別的事，就是多買一份保單。比如，她今次加薪3,000元，就會拿1,000至1,500元去買儲蓄保單，剩下的才用來改善生活。起初我覺得奇怪，問她：「點解唔用晒啲錢，去食好啲住好啲？」她笑笑說：「加薪唔代表我要過更豪嘅生活，我想逼自己儲錢，費事一陣唔小心用晒。」香港生活成本高，租金、日常開支已經佔去大半收入，如果加薪後只顧享受，存款永遠都追不上通脹。更何況，阿欣目標是 40 歲前儲夠首期，買個細單位給自己。所以，她選擇用保單鎖住一部份的錢，既是強迫儲蓄，又有穩定回報。幾年下來，她不單止存到一筆可觀的錢，還多了一份安心感。

如果有一個工具，能夠令妳慣性儲錢，不用每個月自己計數，亦可以有穩定的積蓄增長。這種「外力」，恰巧能夠幫到很多不擅理財的女生，達到高穩定性的財富增值。阿欣沒甚麼天生的理財頭腦，但她用簡單的方法，避開了「加薪＝亂洗」的陷阱。她的故事告訴我，理財不只是數字遊戲，更是心態的改變。而我後來也試過她的方法，加薪後不再即刻計劃旅行，而是先留一筆錢做投資，慢慢地，我發現自己的財富真的開始增長。

// 三招提升儲蓄的力量

阿欣的故事提醒我，真正的自由，不是買多一個包，而是未來有能力揀自己想過的生活。好像她一樣，達成自己想要的目標。當然，阿欣這類的例子並不常見，因為很多女生未有意識到借助「外力工具」來儲蓄的好處。當然，我也有不同方法給妳，讓妳輕鬆打破「收入增加≠財富增長」的陷阱，以下三個簡單建議，保證妳可以即刻開始：

▲為自己建立「儲蓄安全網」，是每個女生都應該要有的理財意識。

1 **收入分成三份法則**

加薪後，試試把錢分成三份：50%儲蓄或投資（像阿欣一樣買保單）、30%生活開支、20%享受，這樣既有「儲蓄安全網」，又不用太過捱苦。

2 **小步開始萬勿心急**

如果妳覺得50%儲蓄太難，就從10%開始。加薪1,000元，先留100元，慢慢加到200元。

3 **設計強制儲蓄機制**

無論是保單、定額基金，還是自動轉帳到另一個戶口，重點是「唔畀自己輕易即刻洗錢」。我當年就開了一個獨立戶口，每個月自動扣錢去做投資，過了幾年之後回看，存款已超過 80 萬，足見這種強制儲蓄能夠帶給妳的力量。

收入增加不等於財富增長，這是我用好多年才學懂的教訓。無論是我的「犒賞自己」變空歡喜，還是阿欣的保單逆襲，都告訴我們一件事：女生值得更好的生活，但前提是學會懂得留住金錢。妳會發現，原來達成財務掌控絕不是遙不可及。

Chapter 5 //

陷阱 2

投資必勝法，
是自信或是膽小？

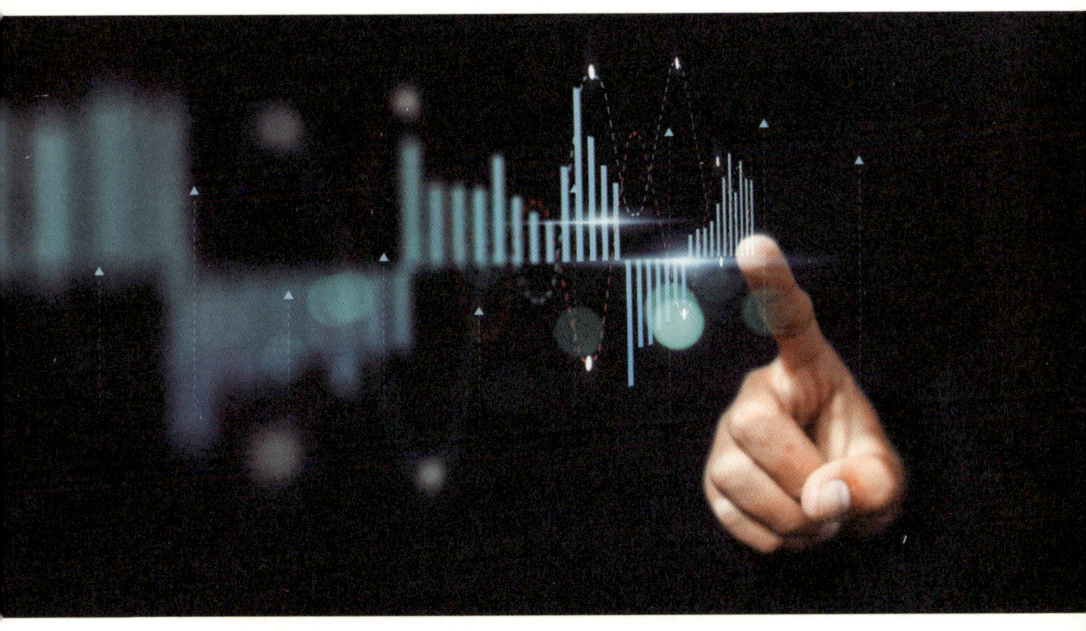

▲做決定時如果左搖右擺，最終很可能就要付出「金錢的教訓」。

夜深獨自坐在窗邊，手機螢幕映出股票 App 上紅紅綠綠的數字。心跳加速，要不要即刻按下「買入」鍵？還是再等等，怕跌下去血本無歸？這種糾結的瞬間，妳有沒有經歷過？我見過太多女仔在這條路上犯錯，也包括年輕時的自己。18 歲那年，我偷偷用媽媽的戶口炒股，覺得自己好像《大時代》裏的股神，結果輸到連飯錢也沒有。後來，我又試過把錢全放銀行，覺得穩陣才是最重要，卻發現通脹悄悄吃掉我的積蓄。這些教訓，痛過之後才明白。

投資的世界，像一場刺激又危險的遊戲，對我們香港女生來説，尤其容易在兩個極端間搖擺。風光背後，可能有無限辛酸。人是賺不到認知以外的金錢，學習和心態都是很重要的，不得不提及 Jess 這個故事。

// 衝動的 Jess，32 歲靠炒 Tesla 退休

幾年前，我在保險團隊認識了一個叫 Jess 的女仔，收入不錯，但生活壓力大到不得了。2019 年，她聽到 Tesla 的電動車風頭正盛，決定放手一搏，但她不是那些道聽塗説的「傻散」，而是在「入場」之前，花了好幾個月去研究財經新聞，比如查看 Tesla 的財報、看電動車行業的未來、甚至了解各國的該政策支持、比較 Tesla 與其他電動車的不同之處……。

那時候，入場的朋友嘲笑她太慢，不入場的朋友則批評風險太高，但她硬是拿出一大筆積蓄，甚至把母親她的私房錢也拿去按掉，把身家押在 Tesla 身上。結果呢？ 2020 年 Tesla 股價飆升，她堅持持股不賣，最後賺到 5000 萬身家，直接提早退休。我問她：「點解妳咁有信心唔驚跌？」她笑説：「我唔係唔驚，但我信自己做的功課。市場跌咗，但我知道係短期波動，唔使太慌。」

▲人是賺不到認知以外的錢，Jess 憑著對 Tesla 及電動車的不懈鑽研，才得以成功獲利。

如今的 Jess，過着半退休生活，旅行、學畫畫，活得自由自在。有了財務掌控，掌控人生自然水到渠成。

Jess 的故事讓我既佩服又感慨。她的成功，不是運氣，而是靠「資訊 + 心態」。很多人容易被市場情緒牽動，看到股價上升就心動，看到下跌就想套現。但 Jess 的經驗提醒了我，投資不是賭博，而是需要冷靜的判斷。她的 32 歲退休夢，對比我的 18 歲輸錢史，讓我明白，過度自信會輸，過度膽小也贏不到。

// 穩陣的姨姨，用黃金守住人生

另一個故事，來自我媽媽的朋友，一位年紀好大的阿姨。她沒甚麼學歷，但對金價有種天生的敏感。每次經過屋企樓下的金舖，她都會瞄一眼牌上的數字，覺得「平咗」就買一點。有人問她為甚麼不買股票，她總說：「我唔熟股票，黃金我會比較有把握，就算結婚都可以打手鐲送人。」有段時間，金價浮動得厲害，朋友勸她賣掉，她卻堅持不動：「跌咗又點？我唔係靠金發達，只係想守住啲錢。」幾十年下來，她的黃金不單止保值，還小賺一筆，夠她退休後過得舒服。

▲黃金可以說是最保值的投資產品之一，
最適合穩陣行先的投資一族。

阿姨的做法，和 Jess 完全相反，但同樣值得妳和我去參考。為甚麼？因為她明白自己的底線，知道女生要的不是一夜暴富，而是「唔使驚」的穩定感。她不像我年輕時，衝動炒股輸到灰心，反而用熟悉的方式，守住自己的小財富，穩步上揚。這讓我反思，投資不必人人做股神，只要找到適合自己的路就好。

// 心態不穩，就是陷阱

說到我自己，投資路上的起跌，比 Jess 和阿姨更曲折。18 歲炒股輸錢後，我一度覺得「我都係唔啱炒股」，把錢全放銀行，想着至少不會輸積蓄。但幾年後，看到通脹把利息吃得一乾二淨……，

那一刻，我才反思到，過度膽小和過度自信一樣，都是陷阱。

直到 30 歲轉行保險，我簽下第一張大單，有本錢不斷投資。這次我不再亂衝，而是學 Jess 做一樣去功課，慢慢找到自己的平衡。香港女生的生活，容不下太多試錯。租金貴、人工追不上開支，我們不像男人有那麼多時間「搏一搏」。但我用輸錢換來的教訓是，投資不用怕，

只要懂自己要甚麼，就能避開極端。Jess 和阿姨的故事，給了我好大啟發。投資這回事，沒有標準答案，但對我們女生來說，平衡風險和穩定最重要。我問過自己，也想問問妳：「妳是 Jess 型，敢搏但有心鑽研？還是阿姨型，穩中求勝？」無論哪一種，都有方法讓妳走得更好。

1

做足功課，不用靠運

人是賺不到認知以外的錢，對任何一項投資工具，事先都是要做足功課，不要胡亂跟風。當妳對一項工具認知愈充足，心態自然愈強。

2

開用途，不要 All in

學阿姨的穩，不妨把收入分成幾份，穩陣的（像保單、債券）、搏一搏的（像股票）。我現在都係這樣做，自然覺得安心好多。

3

心態要穩，唔使日日驚

Jess 與阿姨都啟發了我，市場有起有跌，心態是最重要的。我試過見股價跌就亂賣，結果後悔莫及，現在學會睇長線回報，一步步練強自己心態，不要被外界帶亂妳的節奏。

無論是 Jess 的勇敢，還是阿姨的穩陣，甚至我從輸到學的經歷，都證明一件事：只要找到自己的節奏，妳也可以在投資路上走得更穩，一步步實踐財務掌控，繼而令自己人生更精彩。

「水能載舟，亦能覆舟」，不單止投資工具，另外也有一項工具很容易令人跌入消費陷阱，那就是 —— 信用卡。

Chapter 6 //

陷阱3

信用卡
變循環債務

▲信用卡是一把雙面刃，既廳夠為妳賺取不同的回贈，也可能會令妳債台高築。

假設有一晚，妳同一班姊妹在銅鑼灣逛街，櫥窗裏那個新款名牌手袋閃閃發光，試上手一刻，心裏的小天使同小惡魔開始吵架。小天使說：「儲多啲錢先啦！」小惡魔卻反擊：「人生苦短，碌卡買啦！」結果，妳拎起信用卡，碌下去那一秒，滿足感爆棚，在姊妹面前又贏一仗。不過去到下個月收到帳單，負債數字多了幾個零，妳才驚覺：「救命！條數有排還！」

如果妳試過，我必須提醒妳，千萬不要被信用卡牽著妳鼻子走。它可以是個好幫手，讓生活方便點、優惠多點。只是，一旦用錯信用卡，就變成「財務黑洞」，拖妳跌入循環債務的深淵。

話説回我 25 歲那年，剛入職場，收入唔多，但總想證明自己「有能力」。有一次加薪之後，我即刻申請了張高額信用卡，周末同朋友去尖沙嘴 shopping，見到靚衫就「碌卡」，吃飯看到新餐廳又「擦餐勁」，連旅行機票食宿都「分期找數無壓力」。但當帳單來到時，利息高到嚇人，如果還 Min Pay 更可能分期愈還愈多，最後連基本生活費都捉襟見肘。

我們女生在香港生活，每天總有好多誘惑，新款手袋、朋友聚會、IG 上的靚相……。相信我當年「碌卡」的衝動，妳和妳身邊朋友都可能試過，但如果不及早醒覺，後果可能相當慘痛。

當然，信用卡也不是完全是恐怖到不行的「無底洞」，只要妳懂得善用信用卡，其實也可以幫妳做到良性理財，並且令妳生活更輕鬆，比如小曼的故事，就是一個借鏡。

// 精明理財：小曼的信用卡智慧

在保險業工作時，我認識了一位名叫小曼的女生，她徹底改變了我對信用卡的看法。當時 30 歲的小曼收入大約 2 至 3 萬一個月，卻過著精緻而充實的生活。我好奇了解她的理財之道，她微笑著拿出幾張信用卡說：「這些卡幫我省下不少開支！」原來，小曼是一位「精明理財達人」，對於每張信用卡的優惠細節了如指掌。例如，她使用某張信用卡在超市購物時可獲得 5% 回贈，另一張則能在網購時享受 3.5% 折扣。此外，她還擁有一張零利息分期付款的信用卡，專門用來購買大型家電。「每次碌卡前，我都會計算回贈與利息，唔會胡亂消費。」她自信地說。

正因如此，小曼不僅沒有信用卡債務，反而透過精打細算的消費方式節省了一筆可觀的金額，累積了數萬元的儲蓄。我好奇地問：「妳唔擔心碌卡過度咩？」她笑著回答：「完全唔怕，因為我有計畫。信用卡是我的工具，而不是我的主人。」小曼的聰明理財方式值得借鑑，許多人往往因為快感而衝動消費，但她的經驗證明，信用卡並非陷阱，只要運用得當，它反而能成為生活中的得力助手。

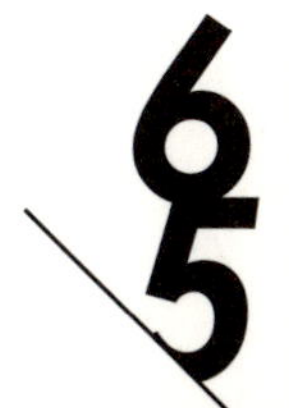

▲將每項消費「攤長來找數」，很容易令債務愈積愈多。

// 盲目消費的代價：Elaine 的債務困境

當然，我也見過完全相反的例子。我的一位客戶 Elaine，是一個 40 歲事業有成的女士，任職公務員，偏偏深陷財務困境。究其原因，便是她誤將信用卡當作實現夢想的捷徑。

辛苦打拼多年，人到中層，有了穩定收入，Elaine 自然有不斷想消費的心魔。回想起年輕時節衣縮食，到了現在有一定條件，自然想「開水喉」讓自己豪爽

一番，每年出 Bonus 後，她便換上一款更昂貴的手袋，旅行也嘗試一下豪遊的滋味，甚至每月花至了 2 至 3 萬去做醫美以及女士保養，貴價的 Spa、昂貴的月票、指定的按摩師和髮型師……，支出愈來愈大，月入有上限？不用怕，一於申請多一兩張信用卡來支令，不用一筆過還款，將每項消費「攤長來找數」，每個月自然負擔變輕吧！這種心態所引致的後果，就是她的信用卡債務隨著時間推移越滾越大，利息與本金累積至今，每月薪水的一半都用來還款。

有一次見面時，她眼含淚光地對我說：「Kathy，現在的我連吃飯都要精打細算，我怎麼會變成這樣？」我幫她整理財務狀況後，發現她擁有三張信用卡，累積債務近 30 萬港元，甚至需要以新卡來償還舊卡。我告訴她：「妳並非沒有足夠的收入，而是使用了錯誤的理財方式。」在我的建議下，她逐步停用其中一張信用卡，開始有計畫地清還債務。然而，她的故事，至今仍讓我感到惋惜。Elaine 的經歷，值得每位女生警惕。我們有時會用購物來填補壓力，但信用卡並非解決財務問題的靈丹妙藥，若使用不當，只會讓壓力加劇。

// 將信用卡變成財務助力

經歷過自己的「信用卡黑歷史」，再加上小曼與Elaine的兩個極端案例，相信妳也會明白到，信用卡本身無對錯，關鍵在於使用方式。對於香港女生而言，生活本就充滿挑戰，沒必要讓卡債成為前進路上的絆腳石，阻礙自己的財務掌控。所以，當妳每次使用信用卡之前，不妨留意一下我以下三個小心得：

1 **碌卡前先計算**

仿效小曼，每次購物前問自己：「有回贈嗎？利息是多少？」特別是在購買大件商品時，務必確認分期付款條款，以免落入隱藏的費用陷阱。

2 **嚴防產生利息**

每月全額還款，避免「最低還款」的壞習慣，更加不能「卡冚卡」。

3 **善用優惠消費**

挑選符合自身需求的信用卡，例如適用於超市、網購或咖啡店的回贈卡。

信用卡與任何投資都一樣，只要妳心態出事，就會引起財務負擔。然而，只要妳肯將信用卡視為增值工具，用心去 Study 它的優惠和使用方法，而非用來盲目消費，就會成為理財的好幫手，而非經濟壓力的來源，比如我目前使用一張專門提供咖啡店回饋的信用卡，連日常喝咖啡時都能感受到「賺到了」的樂趣。何況每年都有不同的信用卡優惠推出，用心去看看不同資訊，作出個人化的選擇，不被信用卡的債務牽著妳鼻子走，無形之中，信用卡會幫到妳節省不少支出，甚至能夠增強妳的流動現金，讓妳在必須用錢的時刻，多了一個選擇。

積少成多、堆沙成塔，信用卡的日常回贈和優惠，像小曼一樣精明，就算小數也可變成大回報，千萬不要低估「日積月累」的成果，更加不要讓自己跌入無謂的債務之中。「每月最低還款額」是信用卡一大債務陷阱，同樣樓按也是一個常見的債務陷阱，如果有意買樓置業妳，下一章的故事絕對值得妳追看，「樓奴」是我們都市人難以避免的哀歌，作為女生的我們，應該如何自處呢？

Chapter 7 //

陷阱4

盲目買樓，
最終變成「樓奴」

我常常都說，人是賺不到認知以外的錢。認知，不單止是普通的認識，而是要用心去鑽研一套工具，摸清它的利弊和風險，讓自己有一套心得，才能有力駕馭這件投資物。有一些人卻是只得普通認知，人云亦云就以為洞悉一切，結果最終「中伏」。這個情況在樓市之中尤其常見，香港人人都懂得說買樓上車，但有幾多人真的會長期觀察樓市週期才行動，又有多少人會知道美國加息 / 減息的影響，甚至何謂真正的購買力呢？如果妳不明白箇中道理，胡亂當買樓就是穩定的投資，其實也很容易就會跌入「樓奴陷阱」。

在 30 歲轉行保險業之前，我看到身邊的朋友紛紛置業。在這樣的氛圍之下，我也幻想著搬入新居的畫面，清晨在陽台品味咖啡，夜晚與朋友舉行派對，真正擁有一個私人空間。如果向銀行貸款 80% 按揭、供款 30 年，我就很快可以「上車」了！

如意算盤是這樣打，但現實是一記當頭棒喝。

假如私樓單位價錢為 600 萬港元，首期 20%（即 120 萬港元），按揭 480 萬港元，就當利率是 3%，30 年供款計算如下：

- 每月供款 = HK$20,260
- 當時市場租金 = HK$15,000
- 供款與租金的缺口 = -HK$5,260（若無其他收入補貼，將造成財務壓力）

這樣的話，每月還款額佔據了我一半的收入，就連日常開支也得精打細算。一旦當利率上調至 5% 時，每月供款瞬間增加至 HK$25,800，財務壓力進一步加劇。在低息周期，供樓自然是一項穩陣的投資，隨時一層幾百萬的單位，可以升值到過千萬，而且香港過去很長時間都是樓市上升的時期。[2] 然而，買樓也不能人云亦云，想搭上上升週期的快車，就是自己去鑽研有關樓宇資產的訊息，衡量自己的應付能力，甚至可以借用樓按來作槓桿，用紘年時間滾大資本。就算妳是一個月入普通的打工仔，也可以藉此穩定地享受資產增值的升幅，就好像我的一名客戶阿怡一樣。

▲在香港過去十多年的樓市上週期當中，
不少人把握「升浪」令身家暴漲。

// 文員如何運用槓桿創造財富？

任職文員的阿怡，月薪不夠兩萬元，但在我認識她的時候已經擁有三層私人樓，實在令我嘖嘖稱奇。如果她是靠「死慳死抵」來儲錢買樓，恐怕到 60 歲也未必能夠圓夢。相反，她擁有比一般人多的勇氣，精準運用槓桿與市場週期。在 2008 年之後，當時樓市一度回落，許多人對買樓望而卻步，但阿怡卻抓住機會，憑著積蓄支付首期，購入一間舊樓單位，她的策略包括：

第一步 — 低價置業 她在 2010 年 1 月用 150 萬購入一個兩房單位，是她人生第一個物業。當時首期只需要付 5%，相當於只是 75,000 港元就已經能夠「上車」。

第二步 — 把握升勢 美國量化寬鬆政策，加上內地熱錢流入香港，令香港樓市愈來愈熾熱。阿怡的物業由 2011 年 200 萬升至 2012 年的 250 萬，她把握時機賣走這個單位，換購一間更大面積的三房單位。

第三步 — 滾動資本 阿怡的三房單位在 2013 年升值到市價 310 萬，於是她向銀行加按套現，運用槓桿購買再多一個單位，作出租用途賺取多一份收入。後來她再「添食」，同時間有三個單位，分別用作自住及收租用途。如今，阿怡已經靠租金收入維生，40 歲時便實現了半退休生活。

▲阿怡向銀行借力來為自己創造更多收入，完美證明良性貸款的作用。

雖然阿怡本身並非高學歷人士，她與丈夫也不是高收入的打工仔，兩人加薪速度也不快。但好在她本身一直有留意樓市資訊，成功在 2010 年把握升浪來創造財富。同時，由於她對借貸並無反感，知道「借錢不一定是魔鬼」，所以懂得善用貸款為自己進行槓桿。

與前文提到的信用卡債務不同，阿怡的借貸是在清楚「計掂數」情況下，向銀行借力來為自己創造更多收入，完美證明良性貸款的作用。另一方面，我常說「人是賺不到認知以外的錢」，正因為阿怡本身已做好對「上車」的準備，不斷增長相關知識，又會花心機去研究不同單位的作價和升值潛力，正好印證專心研究投資工具的重要性。阿怡的故事反映出，即使她只是一個文員，但憑著對投資工具的認真研讀，加上懂得善用借貸，將正確的投資態度與正確的財務價值觀有力結合，於是乎能夠為自己達到財務自由。

// 下錯決定變「樓奴」

可是，若然買樓缺乏周全規劃，則可能淪為沉重負擔。我有另一個叫 Apple 的朋友，大約在 2018、19 年時結婚，由於急於置業組織家庭，於是透過高成數按揭的「呼吸 Plan」買樓，每月樓按供款近 30,000 元，結果 2022 年開始樓價不斷回落，Apple 無法出售物業，且租金回報無法覆蓋供款，長期高負債影響生活質素，無法旅遊或投資其他資產，現在就算有工餘時間，都會去一家水晶店做兼職多找一份收入，就是害怕供不起樓按，更不想成為「負資產」。

就是這樣，買樓所帶來的按揭債務，一直捆綁著 Apple 和她的老公，無奈地在周末多打一份工，也不敢生小朋友以免增加支出。一旦妳的財務跌入買樓陷阱，妳就會長時間成為「樓奴」，無法得到一個屬於自己的人生。

換個角度看，如果妳沒有阿怡的精明，亦不想步Apple後塵，真的要下決心不「上車」嗎？其實只要能夠好好認識買樓的性質，不是「為了上車而上車」，妳大可以透過買樓來做到資產增值，前提是妳能夠做好以下考慮：

1

計算現金流

建議月供不超過收入的50%，為生活保留足夠的彈性。

2

精準運用槓

確保租金回報率 ≥ 按揭供款。

3

分清自住與投資策略

自住：選擇負擔得起的房屋，避免超額槓桿。

投資：計算租金回報率（= 年租金 / 買入價）。

例如，若買入價格為500萬港元，每月租金15,000港元，租金回報率 = (15,000 × 12) ÷ 500萬 = 3.6%。一般來説，租金回報率需達3-4%，才算是合理的投資選擇。

有時候，一些保險客戶除了向我查詢稅務建議，都會問我買樓投資的意見，通常我會列出以下表格讓她作初步思考：

問題	適合購房？
目的是自住？	☑ 可考慮， 但需確保供款壓力可控
目的是投資？	☑ 計算租金回報， 確保能覆蓋按揭
是否準備好 20-30% 首期？	☑ 若無足夠資金， 可能需延後決策
能否承受利息 上升？	☑ 預算未來利息變動， 避免過度槓桿

請不要迷信「買磚頭 = 保值」的觀念，這已是老一輩人的看法，面對動輒 10 年起跳的樓市周期波動，難道妳願意鎖死一大筆錢十多年、二十多年，就是為了樓價幾十萬或 100 萬的升幅？假如像阿怡一樣，真的懂得去槓桿自己的物業，自然能夠買樓發達。相反，為了自住去買樓，但又誤以為樓市未來一定會升，錯誤估算自己的風險以及需要等待的時間，這就是一個陷阱！女生的

青春年華有限，一旦不小心背負沉重的供樓負擔，失去自由自在的旅行、玩樂、學習、戀愛時光，值得嗎？女生的「家」，不只是四面牆，更應該是一種自主的生活方式。先掌控財務，之後就能順利掌控人生！不要令自己陷入不必要的「財務枷鎖」當中，因而失去人生！

說到這裏，我更想向各位女生分享另一個隨時令妳失去人生的陷阱 —— 財務不獨立，太過依賴另一半。就算是枕邊的老公，其實也可能令妳墮進財務陷阱，情況就好像下一章的故事一樣。

▲一旦妳的財務跌入買樓陷阱，就會長時間成為「樓奴」，無法得到一個屬於自己的人生。

Chapter 8 //

陷阱5

對他人產生
財務依賴？

▲一旦妳的財務跌入買樓陷阱，就會長時間成為「樓奴」，無法得到一個屬於自己的人生。

假手於人，可能是好多女生的通病。我接觸過不少女生，都覺得自己不擅長「計數」，不如由老公或男朋友為自己做財富規劃，男朋友一句：「不如我為妳儲錢，好好規劃屬於我同妳嘅未來」立即把全副身家交給男友；又或者，不少女生從小已被父母灌輸一種價值觀——阿爸阿媽幫妳管錢。於是乎，妳不經不覺之間想放手不管，認為財務問題自有他人操心，完全失去財務自主的意識和能力。然而，我必須提醒妳，這種依賴正是香港女生最容易跌入的陷阱之一。無論是伴侶、家人，甚至是朋友，一旦妳將財務大權完全交給他人，可能會在某個人生轉折點驚覺自己一無所有。

為甚麼我在本書之中，反覆強調人是賺不到認知以外的錢？很多時候，我們都太醉心於公事和日常生活之中，沒有投放時間去學習特定工具的專業知識，不會像前文提及的 Jess 一樣，會為了買 Tesla 股票，而去研究人家數年的財報和文件。特別是、特別是、特別是（重要事情說三次）當老公 / 男朋友 / 閨蜜出聲時，我們都會容易「耳仔軟」，因為本身已對他們深存信任感，所以不假思索就會跟隨他們的決定。

曾幾何時，我也因為錯信一位好友的建議，在加密貨幣市場損失 7 位數！但我沒有將責任歸咎於她，而是我不斷自我反省，既然自己都懶得學，沒有好好鑽研加密貨幣知識，將自己的「投資責任」外判了他人，最終是我自食惡果，怨不得其他人。

// 責任外判風險可能很大

更普遍的是，許多香港女生都受到傳統觀念影響，認為「男人管錢，女人管家」才是理所當然。然而，現實告訴我們，財務依賴往往換來的不是幸福，而是風險。有一位舊客戶阿珊，年屆 40 歲，結婚後一直認為老公是投資高手，總是聽從對方的建議，甚至從不過問家中財務狀況。她完全不清楚銀行戶口餘額，認為老公會處理好一切。然而，去年她與老公離婚，才驚覺對方將大部分資金投入高風險投資，最終虧損殆盡，儲蓄所剩無幾。在法庭分家產時，她茫然地問我：「Kathy，我點解會落得呢種田地？」那天晚上，我陪她聊了許久，她淚流滿面地說：「我以為婚姻就係我嘅保障，結果都係一場空。」其後我幫她重新建立財務計劃，從頭開始儲蓄與投資，但她失去的時間與安全感，恐怕需要很長時間才能彌補。

阿珊在女生的「黃金 20 年」尾聲時才意識到，女生財務要由自己掌握，卻已經失去了很多寶貴的光陰，要重新起步，難度自然高得很。她的經歷讓我更深刻明白到，無論對方多麼值得信賴，妳仍需掌握自己的財務狀況，否則人生可能因為一場變故而瞬間崩塌。看著本頁的妳，難道還未醒覺嗎？如果妳真的想開始改變，首先要了解自己財務狀況，重新整理銀行存款、保單股票、投資項目，列出所有數字；其後，妳要強化學習基本理財知識，比如保單回報如何計算、投資風險如何評估；最後，妳可以選擇合適財務顧問，務必詢問投資顧問的收費方式，看看是否存在利益衝突，確保他們的建議符合妳的最佳利益。

▲縱使相信另一半也好，財政自主權也應100% 掌控在自己手中。

// 女生理財 = 女生保養

當然，有些女生真的天生不喜歡理財，看到數字就覺得想睡覺，當妳屬於以上這類女生時，又該如何做呢？Mary 姐的選擇值得妳思索一番，她是我的一個保險客戶，本身任職護士，已差不到退休的年齡。可能因為護士的生活日夜顛倒，令她無時間、無精力去打點自己嘅財富，一直以來就是將她的投資全數交予一位銀行理財經理，每當這位經理來電推銷保單時，她便會爽快答應加購新保單，或者將舊有計劃再升級，沒有詢問細節，也沒有好好去查閱每年回報，滿心以為買了儲蓄保險就能夠穩定有利息收入，達到穩定的財富增值。

十多年過去，她驚覺自己竟擁有多達 33 張儲蓄保單，累積金額不菲，卻發現實際回報極低。後來她在某個場合認識了我，過了幾天就拿著一疊文件來找我，希望我用專業的保險知識幫她分析，才發現她的保單中有大量重複保障，甚至有些手續費與佣金高得驚人。她苦笑道：「我一直以為個經理是喺度幫我規劃退休，依家睇落似乎佢係幫自己賺佣金。」

最後，我協助她整理了保單，取消了幾張無用的合約，重新配置資產，再三提醒她是好好在網上跟進自己的保單收息情況。然而，她的遺憾，我感受得最深。Mary 姐的經歷提醒了我們，如果妳不自己搞清楚財務狀況，最終只是別人的提款機，就算對方是專業人士，她對妳的規劃亦未必 100% 適合妳。

▲理財正如做保養一樣，只有選擇自己最適合的東西，才能把事情做到自己想要的成效。

所以，作為女生一定要有自主意識，每個女人都需要保養，也同樣需要理財，關鍵是妳願不願意花時間去看書、去看資訊、去請教專業人士分享知識……，從而慢慢累積自己的理財心得，找到屬於自己的投資賽道。正如做保養一樣，有一些人適合醫美、有一些人適合化妝，每一樣都是外在的工具，只有選擇自己最適合的東西，才能把事情做到自己想要的成效。

眾所週知，女人抗衰老要盡早，25 歲就需要開始好好護膚打理。理財也是同樣的道理，都是愈早開始就愈好。趁自己年輕，多花時間去尋找投資工具，不要盲目信任所謂的專業人士意見，一定要有自己的心得和認知，才能夠識別甚麼是適合妳自己，甚麼不適合。舉個例子，去一家細的美容院，自然就選擇少。去一家大的美容院，就有好多套餐幫到自己。找一個甚麼工具都涉獵過專業人士，才能夠真正權衡，如何幫到妳自己，但最終決定權都是妳手上，切勿對他人產生財務依賴。

Chapter 9 //

陷阱6

無論是感情或投資，**千萬不要**「樣樣都掂啲」

▲將心思放到 10 樣事情身上，每項都不能專注處理，最終受苦的是自己。

說真的，我是一個賭性很強的人，投資保險、股票期權、加密貨幣、貨品炒賣、生意投資……，我全都涉獵過，18 歲那年，我曾經以為投資是發財捷徑。當時，我偷偷用媽媽的帳戶炒股，覺得自己像電影裏的股神。看到一隻股票微漲，我便將全副身家押進去，還向朋友吹噓：「看我如何賺大錢！」結果呢？市場下跌，我瞬間輸掉幾萬元，甚至連飯錢都無法支付，夜裏躲在被窩裏哭得眼睛紅腫。這次教訓讓我痛徹心扉。我後來回頭檢討，才發現自己的錯誤不僅僅是「太心急」……。

第一，我沒有做好基本分析，在完全不理解公司的財務狀況、盈利模式，只是根據新聞或朋友的推薦入市，被「羊群心理」帶偏；第二，我忽略技術分析，沒有觀察趨勢、支撐位、成交量變化，純粹憑感覺進場，看圖表時一頭霧水；第三，我缺乏風險管理，竟然將全部資金押在單一的股票上，沒有設定止蝕位，最終變成 Total Loss。

這段經歷讓我明白，投資並非憑運氣，不要以為「風險愈大，回報愈大」，因為結果往往與妳想像的不一樣，而是需要知識與策略，才能令自己「贏多輸少」。很多女生在投資時，容易受到外界影響，比如親友的推薦、社交媒體的成功案例分享，甚至是短期市場熱點，而忽略了投資本質。這與我們成長過程中的理財教育缺乏有關，許多女生從小被灌輸「儲蓄比投資重要」的觀念，因此在投資時，容易傾向於尋找快速見效的方法，而非長期穩健的策略。再加上女生普遍比男性更謹慎，因此當她們看到短期高回報時，反而更容易陷入「這可能是個難得的機會」的心理陷阱，從而貿然行動。

只有真正理解投資的運作原理，建立自己的判斷標準，才能避免被市場情緒牽著走，而是穩健地累積財富。所以，想做一個精明女生，Helen 的故事絕對值得妳和我參考。

// 萬股帶不走，唯有「穩」行先

我有一位客戶 Helen，從事市場分析工作，35 歲的一名職場女強人，做事確實很有主見和洞察力。與許多人不同，她從不盲目追逐市場熱點，而是以數據為基礎，制定一套穩健的投資策略，她的成功來自於幾個關鍵原則：

1 以基本分析為核心選股

Helen 從不投資自己不了解的企業。她會研究公司的財報，確保其盈利模式穩健，負債水平合理，並檢視資產回報率與股東權益報酬率。她偏好投資市盈率與市帳率處於合理範圍內的股票，而非單憑市場炒作入手。

2 技術分析輔助進場與出場

雖然長線投資為主，但 Helen 不忽略技術分析。她會觀察移動平均線、相對強弱指數等指標，選擇合適的買賣時機。例如，當股價突破 50 日平均線，並伴隨成交量增加時，她才會考慮加碼。

▲建立專屬自己的投資組合，著力去做相關鑽研，即使在市場波動時，也能穩定增值。

3 分散投資，降低風險

Helen 從不將資金全部投入單一市場或資產類別。她的投資組合包括：50% 股票（優質藍籌股 + 高增長行業）、30%ETF（標普 500 指數、恒生指數）、20% 固定收益資產（政府債券、投資級公司債），這樣的配置讓她即使在市場波動時，也能穩定增值。

4 設定止蝕位與獲利點

Helen 不會因市場情緒而盲目操作，而是事先設定止蝕位以及獲利點，如果 A 股票跌破 10% 時，她會果斷斬倉以免更大損失。相反，當某筆投資已經獲利 30% 時，她會部分獲利了結，確保套現落袋。

她的策略，讓她在過去 10 年內，即便經歷疫情和港股下滑，依然保持穩定的年均回報率約 8-12%。

// 眼闊肚窄得個貧

在保險業，我遇到過一位客戶 Vivian，40 歲，事業有成，每月收入六位數，生活光鮮亮麗。但她有一個致命習慣——過度分散投資。她告訴我，看到朋友靠 NFT 賺錢，又聽說加密貨幣很火，還有人推薦外匯與貴金屬投資，於是她甚麼都想試。她將資金分散投資十幾個項目，每個都只略懂一半，自信滿滿地認為：「雞蛋從不會放在同一個籃子。」

結果卻是「輸多，贏少」！

有一次見面時，她拿著一疊報表問我：「Kathy 我為甚麼一直賺不到錢？」我仔細幫她分析，發現她的投資組合雜亂無章：NFT 市場崩盤，損失 90%；外匯投資失利，賠掉數十萬元；貴金屬投資則因高額佣金而無法獲利。她苦笑道：「我以為多嘗試就會多賺，結果卻是多輸。」最後，我幫她重整投資策略，讓她先停下來，整理出她真正擅長，而且有興趣的投資工具。我建議她專注於幾項穩健的投資，例如股票與固定收益產品，並為她設計了一個長期投資計劃，包括每月固定金額投入指數基金，而不是短線頻繁交易。

半年後，Vivian 的財務狀況開始穩定，她學會了用「策略」取代「衝動」，不再被市場的短期波動影響。後來，她告訴我：「Kathy 這是我第一次感覺自己真正掌控了財務，而不是被市場牽著走。」

Vivian 的經歷，妳又有沒有試過？許多女生會被高回報的故事吸引，但如果沒有專注與知識，投資只會變成一場亂戰。她和我一樣，學到了穩紮穩打才是王道。對香港女生而言，生活已經夠繁忙，投資應該是幫助我們累積財富，而非帶來更大的壓力。

▲投資不是捷徑，而是長期的策略。

當然，男性也可能會因為貪心作多項投資，為甚麼我說這個故事給作為女生的妳知？很簡單，我也是女生，平常出去飲飲食食，很多時都會被一些賣相吸引的食物或飲品吸引，結果不斷點餐，但「眼闊肚窄」，每樣食物只吃一點點，要老公幫我吃掉剩低的美食。哈哈，雖然我也是挺為食的，但我常常提醒自己，投資絕不能夠「眼闊肚窄」，不能這裏放幾萬元、那裏放幾十萬、之後又在別的地方投資幾十萬……，否則，當妳血本無歸的時候，另一半也未未能夠有效幫到妳。所以，作為女生的妳和我，也應該像 Helen 一樣，選擇自己理解的投資工具，避免因為市場炒作或朋友推薦而衝動入場。同時，以數據與邏輯為依據，不憑感覺決定投資，投資前問自己：「這個回報來自哪裏？風險有多大？」每筆投資都應有清楚的計算，而非憑直覺或聽信他人。

投資不是捷徑，而是長期的策略。Helen 透過理性與紀律，穩定累積財富，而 Vivian 則因為太花心「樣樣都玩吓」，最終輸多過贏。況且，任何投資都要記得設立止蝕位，避免損失擴大，獲利時適時分批出場套現，任何時候，保本永遠比高回報更重要。要讓自己的財務主導權永遠掌握在自己手上，女生才有底氣實現更好的生活，千萬不要被投資工具牽著妳鼻子走，保持充足的現金流。

提起現金流，下一章我想分享一位女生如何因為缺乏緊急積蓄，面對突發狀況時崩潰；同時，也有另一位姐妹用智慧頂住風浪。準備好一起學習人生課題了嗎？翻開下一頁，更多故事等著妳！

Chapter 10 //

陷阱 7

沒有緊急積蓄，人生隨時失控

▲沒有現金流的人生，財務就會失控，
人生也隨之然失控。

沒有積蓄，代表妳沒有足夠的現金流，沒有現金流的人生，從來不缺災難。還是那一句，財務失控，人生就會失控，妳只會活得更沒有底氣、更依靠男人、更失去自我。

香港的生活節奏快如風，很多人都活在「只要有收入，就不用擔心」的假象中。然而現實從不按劇本走，尤其當突如其來的變故來臨，才會發現沒有積蓄的日子，比我們想像中更脆弱。在兩位女生身上，我看到同樣的突發困局，卻有截然不同的應對結果。一個冷靜、有備而來；另一個措手不及、差點崩潰。

// 就算是家庭主婦，也有力守住全家

35 歲的阿欣是一位全職主婦，她是我其中一位接觸過的客戶，全家人的保險都是我為他們規劃的。阿欣表面看來只是家庭中的「後勤部隊」，實際上卻是這個家的「財務保險線」。她與老公育有一名年幼孩子，家庭收入單靠老公的薪水維持。她沒有正式收入，但她有一項極重要的理財習慣——每月將一小筆家庭預算投入紐西蘭元定存，累積出約六個月生活費的緊急積蓄。幾年前，老公所在公司突然倒閉，一夜之間失業。這樣的打擊足以讓一般家庭陷入恐慌，但阿欣從容應對。積蓄馬上派上用場，支付租金、伙食、孩子學費，一切照常，她甚至沒向家人或朋友借過一分錢。

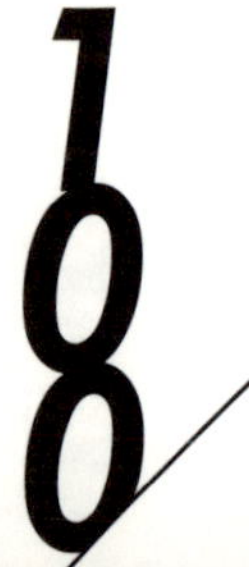

當時我曾經數次主動聯絡她，生怕她在財政方面遇上難關，但每次她都神情自若，因為她一方面能夠保持穩守積蓄，同時間又投資在有穩定回報的工具上，包括紐西蘭元定存和儲蓄保險，能夠為她穩定地創造每個至少 3% 的回報增長。從我的專業角度來看，阿欣的三個普遍女生都沒有為意的優點：

- 一是有意識地將家庭財政與風險管理連結；
- 二是使用穩定外幣作為工具，分散貨幣風險；
- 三是理解「家庭主婦」並不等於「被動」，反而是財務規劃的實踐者，化被動為主動。

她一句話讓我記到現在：「做煮飯婆都好，最怕唔係無錢，而係無安全感。」這份看似簡單的遠見，卻是許多人在危機來臨時才後悔沒學會的智慧。沒錯！就算自己不是出外打工的上班族，不代表女生的財務主導權會落入他人手中，反而是妳能否堅持一個「做好財務掌控」的心態，時時刻刻懂得為自己儲備更多力量，理財上、投資上、積蓄上，每一個位置做多一點，幾年之後就可以有妳意想不到的成果。就算自己是一個「後勤」

的家庭主婦，不代表妳從此無需再重視理財，相反只要妳懂得防患於未然，隨時成為妳另一半的堅強後盾。每一個成功的男人背後，都有一個女人，而那個女人，就是一個懂得理財的女生！可惜的是，我有一個朋友的親戚 Maggie，在這方面一直都未能「開竅」！

▲無論妳是職場女性抑或家庭主婦，
就萬勿不要做「月光族」。

// 寄託在婚姻，卻忘了自己也要有盾牌

30 歲的 Maggie，婚後辭職做了全職媽媽，老公是一家投資銀行管理層，私下亦有一盤小生意。她曾以為只要老公收入高，我照顧好全家就足夠了，可以全心做一個少奶奶。於是她從來沒有將理財、投資、儲蓄放進心內，閒時去打麻雀、做瑜伽、照顧小朋友，日子十分幸福。然而，這份幸福是建基於她老公的高收入之上，直到前年老公被裁員，生意上資金鏈被壓住，需要把個人積蓄用作生意流動現金，無奈要在家庭支出上再三縮減。

Maggie 家用斷裂，租金、雜費、小朋友學費每項開支如浪潮拍岸，Maggie 毫無招架之力，她坦言：「當時真係靠朋友借錢頂住，所有『雀局』立即唔去。」從財務分析角度看，Maggie 的失誤不止在於「沒有積蓄」，更在於她把所有風險集中在老公一個人身上。家庭財務本應雙方共擔，即使不外出賺錢，也應主動參與家庭儲備與資金配置。她的處境提醒我們，婚姻不是保險，安全感從來不是「被給予」，而是「自建」出來的。這場財務危機雖然最終靠重新規劃逐步穩定下來，但那半年對她來説，不止是生活上的辛苦，更是心理上的驚恐與無助。

// 積蓄，為自己築起的防風牆

作為一個保險人，我常常提醒身邊朋友，要盡早建立積蓄和購買保險，因為這兩項事情是當妳需要到的時間，就可以即時幫到妳。相反，如果妳安於過幸福生活，不為自己作出更佳的理財規劃，只要一有突發意外，現金流大受打擊的，妳的生活肯定立即跌入谷底。

特別是作為女生，如果想告訴男士們，我們香港女生是有底氣、有能力的，那麼無論妳是職場女性抑或家庭主婦，就萬勿不要做「月光族」，要懂得儲蓄一筆足夠幾個月用的現金，同時再將額外金錢拿去做投資，令自己在財務配置上更穩妥。當妳愈加穩妥，成為妳另一半的強大後盾，不單止在財務上，甚至感情上，妳都可以更佔上風，令妳的人生過得更舒適更如意，成為一個更有本錢的女生。要如何開始呢？以下有三個小步驟，妳不妨參考一下：

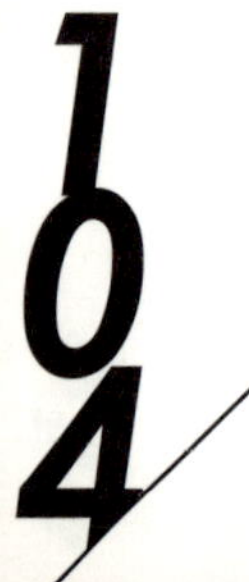

1 **預估六個月開支，設定明確目標**

列出每月固定開支（如租金、水電、伙食、交通、孩子教育），將其乘以六，成為妳的積蓄目標。

2 **固定儲蓄金額，逐步累積**

即使每月只存 $800-$1000，兩年內也能累積基本緊急基金。可以考慮短期定存或高流動性保單工具。

3 **資金擺位要「易拎唔蝕底」**

緊急積蓄需放在易於提取的地方，例如活期存款或短期流動資產，切忌鎖入高風險投資或長期金融產品中。

當危機來臨，不是靠朋友、靠老公或靠運氣，而是靠妳之前怎樣為自己預備。阿欣憑智慧與紀律穩住全家，Maggie 在風浪中學會了代價沉重的一課。希望她們的故事，能成為妳的提醒：不要等到生活來個急剎才想起戴安全帶。建立積蓄，唔使多，夠用就得——妳值得擁有一條後路，也值得安心向前。

Chapter 11 //

陷阱8

理財不只是慳錢，
創造財富須主動

▲用保單鎖住一部份的錢，既是強迫儲蓄，
又有穩定回報。

當慳錢成為習慣，生活卻變得沉悶，這真的是妳想要的「穩陣」嗎？

在香港這個消費節奏飛快的城市，慳錢似乎是女生的集體默契：一邊在群組裏交換哪裏有平貨，一邊為「唔洗就等於賺」的感覺而深感自豪，甚至不斷與身邊閨蜜比較一下，小紅書和抖音哪個平台有帶貨優惠，哪一間 IG Shop 正在贈送禮物，拼多多和淘寶哪一個更便宜，哪一間集運商能夠做到免費送貨到港……等等。但在這場「節流大比拼」中，有些人悄悄迷失了生活的色彩。

// 擺脱「慳錢教條」的 Carrie

我認識的一位友人，30 多歲的 Carrie，她是一位單身上班族，曾經也是「慳錢教條」的信徒。她早年習慣將所有花費壓到最低，午餐只吃公司附近最便宜的快餐，化妝品永遠常用開倉貨，娛樂從來「睇價錢先再睇興趣」，真的很像電視劇《大時代》裏的慳妹一樣，永遠「一個幾毫」都會計到十足十，連想去旅行，也會通宵等候網上平台的廉價機票，務求每一分一毫都要節省到最盡。直到有天照鏡時，她驚覺自己容光不再，心情長期壓抑，後來被醫生診斷有強逼症，長期如此為了「慳家」而產生壓力，對自身精神健康非常不利。

Carrie 在迷失與懷疑之間找到我，我們初次見面時，知道我是一名資深理財顧問，她便不斷向我探求如何可以改變自己，曾經試過提著一疊支出紀錄、理財 APP 截圖與幾本未讀完的理財書籍，一臉困惑來找我要求「補課」。我花了幾小時諮詢，協助她釐清最根本的問題——不是她不懂理財，而是她將理財視為自我壓抑的工具，而非提升生活的策略，其中我有一句話令她留下深刻印象：「慳錢係保濕，投資係面膜。兩樣都要，先會靚得持久。」我幫她制定了屬於她生活節奏的預算計劃，包括「穩定支出區」、「自由享樂區」與「增值投資區」，隨後一起分析適合她風險承受能力的基金與股票組合，

▲慳錢要有方向與目標，不是為慳而慳，
而是清楚知道「我係為咗乜而慳」。

並設定清晰的目標，例如一年內儲夠緊急積蓄、三年內建立副業收入。於是乎她開始改變，不再只是計較幾元的「蠅頭小利」，而是學習如何讓錢「滾動起來」。她運用每月預算中的一小部分，投資在基金與股票市場，同時開啟副業，在網上教授英語，收入逐步穩定，生活也有了不同的光澤。她一步一步跟著計劃實踐，不再感到被金錢控制，反而掌握了主導權，現在她的手頭非常鬆動，同樣是知慳識儉，但對理財的態度已不同於以前，反而懂得「應洗則洗，應留則留」。

▲透過財務掌控，讓妳的人生更有自主性，活得更有質感。

// 節儉到斷絕人際關係的阿珍

相對之下，阿珍的故事則令人唏噓。她曾是我職場上的同事，素來以「慳錢教主」自居。飯局從不參與、旅行從不報名，連送別同事的心意卡都選擇「不留名」以節省成本，她的生活徹底被「慳」主導。幾年後，她的存款帳戶確實可觀，但朋友圈子早已凋零。若非撰寫本書，坦白説句，我已一早把她忘記了。從理財觀點來看，阿珍的問題不在於節省本身，而在於失衡——過度專注節流，忽略了投資人脈、生活體驗與自身成長。她用「慳」建立起一座金錢堡壘，卻不小心把自己困在裏面。

對比起 Carrie 的蛻變與阿珍的孤寂，我想奉勸看著此書的妳，理財從來不是禁慾主義，而是平衡與選擇的藝術。一方面，慳錢要有方向與目標，不是為慳而慳，而是清楚知道「我係為咗乜而慳」。儲首期、辭職創業或進修學費，這些目標能讓妳的節流更有意義。另一方面，預算中留一部分作為「享受基金」，用來與朋友聚餐、買件小禮物犒賞自己，提醒自己：生活不只是存摺上的數字。

Carrie 用行動證明，理財不只是守住錢包，更是開拓人生。阿珍則提醒我們：如果慳錢讓妳與生活失去聯繫，那可能不是理財，而是自我消耗。財富不該是為了放棄美好生活，而是讓妳有更多選擇的能力。慳錢係起點，賺錢係力量，而妳，值得擁有一個有光澤、有自由、有選擇權的未來。

// 透過財務掌控，讓妳活得更有質感

在以上 8 個陷阱之中，我們見證過無數女生的財務經歷：阿欣用保單將加薪存下，成功避開了消費升級的陷阱；Jess 冷靜分析 Tesla 而達到財務自由，提早過退休生活，與守黃金保值的 Auntie 成為穩健與進取的兩種代表；小曼靈活運用信用卡省錢，Elaine 卻在失控消費中崩潰痛哭；阿怡運用財務槓桿滾出三層樓，Apple 則因盲目置業變成「樓奴」；阿珊將財務交給丈夫，最終一場空，Mary 姐擁有 33 張保單，卻在退休前才驚覺選錯方向；Helen 堅守穩健投資，穩步建立財富，Vivian 則樣樣試、輸多贏少；阿欣靠緊急積蓄撐過風浪，

Maggie 因毫無後備險些崩潰；Carrie 從慳妹成長為理財達人，阿珍則因過度節儉而失去生活與人際。這些故事，無論結果如何，都有一個共通點：

財務掌控，不靠運氣、不靠別人，而是靠自己的選擇與行動。

在香港做女生本來就不容易，傳統重男輕女的觀念、人工追不上物價、無處不在的消費誘惑，讓人容易誤信「穩定收入就足夠」、「有人依靠就安心」、「省錢就等於安全」。但現實提醒我們，女生是要對財務主動出擊，收入增加時懂得留下、投資要懂得控制風險、信用卡要用得其所、買樓前要清晰計算，還要同時建立積蓄與開拓額外收入。財務，必須親自掌握。不能樣樣都試，卻又樣樣都不懂；更不能甚麼都不試，只靠儲蓄過活。只有如此，我們才不會在意外來臨時驚慌失措，也不會在機會來臨時無從把握。

這些經驗教訓，有些是我用青春與代價換來的，也有很多，是身邊無數姊妹用人生實踐出來的，目的不是要妳感到恐懼，而是讓妳意識到 —— 掌控財務，從來不是遙不可及的夢，而是每位女性都能一步步達成的現實！

不論妳現在是剛步入社會的 25 歲，還是想重新出發的 40 歲，

只要願意醒覺……

願意開始嘗試……

願意學習正確理財觀……

妳都可以避開以上 8 個女生常見的陷阱，拿回屬於自己的人生主導權。接下來，將這些教訓化為行動，真正建立起屬於妳的財務自由與生活選擇。準備好了嗎？是時候跳出固有框框，迎接妳的黃金 20 年，活出妳想要的人生。

Chapter 12 //

建立妳的 專屬 5 步 財務掌控藍圖

要掌控人生，須先掌控財務，看到以上所說的八個陷阱與一眾女生故事，也許妳會發現，它們可能就曾經發生在妳身上，或正悄悄逼近，每一個教訓，都反映香港女生在現實洪流下的困難選擇。日常生活的每一個決定，都可能影響我們的財務未來。

這些現實不容我們逃避，但我們可以選擇清醒面對。

要在這座城市活出自己，光靠「守」是遠遠不夠的。妳值得的不只是生存，而是能夠選擇的生活：想轉工，不用怕零收入；想旅行，不必月月清卡數；想為家人擔起責任，財務不成為負擔。而這一切，都由「掌控」開始。財務掌控，不是富人的特權，而是每一位女性都應該擁有的能力。接下來的五個步驟，將帶妳由反思走向行動，由擔憂轉化為底氣，真正建立屬於自己的財務根基。

//Step 1：為自己確立財務掌控目標

很多人以為賺錢等於有財務能力，但其實「搵到唔代表掌控到」。試想一下：妳加咗人工，收入提升，但月尾儲蓄依然歸零；又或者，心血來潮買樓「上車」，結果每月供款壓力逼到透唔到氣。這些情境正好說明，沒有明確目標，錢花得再多也留不住。

◀財務掌控的起點，是要為自己製造一個屬於自己的策劃和行動方向。

財務掌控的起點，是一個屬於自己的方向，我 Kathy Chu 作為一名深諳稅務、擁有專業會計資格、多年來為過千名客戶規劃理財及退休保障的理財顧問，素來都會建議女生們要由淺入深，先為自己鎖定目標，就自然會找到方法一步步達成，通常我會建議妳將目標分為三個階段：

短期（1–3 年） 穩住基本盤。先清還高息債務，建立 6-12 個月的緊急積蓄（建議儲 HK$60,000 - HK$120,000）；同時運用高息活期存款或短期保單，讓儲蓄同時有回報；也要建立「強迫儲蓄」機制，例如每月繳付儲蓄型保單，養成儲蓄紀律。

中期（3–7 年） 創造增值機會。計劃置業或重大開支時，要精算首期與供款比例（建議月供不超過收入 50%）；之後嘗試穩健投資，比如指數基金、藍籌股、定期基金組合，目標每年財富增長 5-10%。

長期（7–15 年） 構建財務自由生活。當被動收入能彌補每月生活開支，妳的財務就 100% 可以由妳主導，要懂得「用錢生錢」，建立多元收入來源，並且確立長線目標，比如包括退休、自僱、創業、移民等彈性選項。

至於「目標」是用甚麼準則來定義呢？我會推薦妳運用 SMART 原則來規劃，有效的財務目標應該是：

▶ **Specific（具體的）：**清楚知道想達到甚麼。

▶ **Measurable（可量度的）：**設定可衡量的儲蓄或投資數字。

▶ **Achievable（可實行的）：**根據實際收入與支出定下可達標的額度。

▶ **Relevant（相關的）：**與妳的生活階段和價值觀相關。

▶ **Time-bound（有時限的）：**每個目標要有明確期限。

舉個例子，如果妳想 3 年內儲蓄 HK$100 萬作為首期，每月儲 HK$27,000，加上平均每年 5% 回報，將每一樣事情由大目標到小目標都是可量度、可實行的，自然能夠拾級而上。當然，有些女生對文字未必敏感，那麼妳可以繪畫一幅「財務地圖」，將妳的財務目標用圖像化方式記錄：

▶ **時間為 X 軸，資金為 Y 軸。**

▶ **每個階段標示儲蓄、保險、投資等工具。**

▶ **畫出進度線，清楚知道現在在哪裏，下一步要做甚麼。**

這種視覺化方式，不只是提醒，更是一種承諾。很多朋友都向我表示，當目標從腦海變成圖表，整個理財路線變得更實在、更有動力。

//Step 2：建立「穩健 vs 冒險」的投資策略

在八個女生常見的陷阱中，其中兩個是特別心態有關，就是「過份自信」與「過份保守」，兩者都會令財富掌控之路變得崎嶇。Jess 憑著對 Tesla 的深入研究，成功打造提早退休人生；相反，我 18 歲時貪心炒股，幾個月內輸光積蓄，只因我全憑感覺而亂來；Vivian 貪心試遍市場，卻無章法、無分配，結果輸多過賺。投資不能單靠膽量，也不能原地踏步。

香港女性的時間與資源都寶貴，「投資唔可以亂衝」，不要因為一時犯錯而浪費自己的青春年華。建立一套符合個人風險承受力與生活節奏的投資策略，才是實現財務掌控的關鍵。根據我在保險及投資行業的實戰經驗，資產應該分三層進行配置，按風險程度與回報期望平衡，根據低至高風險來排序：

低風險資產（佔 40-60%）— 打好基礎

如果是投資門外漢的妳，我會建議儲蓄保單，我做保險時會提醒客戶，保單回報要留意 IRR（內部回報率），3% 以上就值得考慮。假設年回報率約 3-4%，每年供款 HK$50,000，10 年後就可累積至約 HK$650,000。另外，固定收益基金以及政府 iBond 都可以保本之餘又對抗通脹。這些產品的特點是穩定、安全，適合用作財務根基，尤其適合打工仔或想長期穩定儲蓄的人。

中風險資產（佔 30-40%）— 穩中求進

藍籌股（如滙豐）、指數基金、房產投資都是一些常見的選項，指數基金像標普 500 ETF 這種，年均回報可達 7-8%，HK$10,000 投 10 年可能變 HK$18,000，是長線上相對進取的選項，有效抵銷「銀紙愈嚟愈唔值錢」的問題，適合 3-7 年的財務目標，例如置業或創業。

高風險資產（佔 10–20%）— 小注高回報

人是賺不到認知以外的錢，科技股、加密貨幣（特別是 Bitcoin）、創業或私募投資，這類資產回報潛力高，但風險也大，如果妳沒有相關的認知，又沒有用心去鑽研，就最好少碰為妙。假如妳堅持要入場，我建議要設立止蝕位（如跌 10% 即止損），避免情緒化決策，「保本」才是最重要。

另一方面，妳若果想了解自己適合哪一類風險，可以透過簡單的「投資風險評估」來衡量承受力，一般分為：

保守型 60% 低風險、30% 中風險、10% 高風險

平衡型 40% 低風險、40% 中風險、20% 高風險

進取型 30% 低風險、40% 中風險、30% 高風險

建議每半年檢視一次資產配置，根據市場變化與人生目標作出微調。好像我自己是會計出身，習慣每半年復盤一次，市場有大變動就調整，避免過份集中或分散。香港女仔不用「天天做股神」，但要找到一條適合自己的財富掌控之路，穩健與冒險並存，妳的人生才會更有底氣。

//Step 3：多元化的資產配置法則

前文提到的陷阱 5 與陷阱 7 就如一面鏡子，映照出「過分依賴他人」和「缺乏後備計畫」的苦果。阿珊曾全心信任丈夫的投資，卻眼睜睜看著積蓄化為烏有；Maggie 因未有重視積蓄，在突如其來的變故前幾近崩潰。這一切的根源，在於她們未曾為自己構建一張財富安全網。我結合會計與保險的專業經驗，提煉出一個黃金比例：

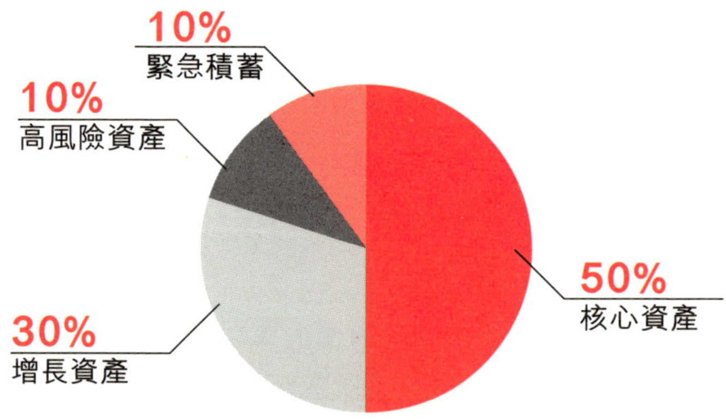

核心資產佔據50%，宛如生活的定海神針，帶來穩定的收入來源，例如出租單位租金、定期存款與退休基金，加上強積金之外的個人退休儲蓄，皆可守護妳未來的安穩。增長資產佔30%，如藍籌股、基金或創業副業，猶如春日萌芽，目標是穩步增值、讓夢想漸漸開花。高風險資產佔10%，像是勇敢的試探，可以涉足新興市場股票或加密貨幣，追求高回報卻嚴控風險，不超過總資產的10%。最後，緊急積蓄佔10%，相當於6至12個月的生活費，存放於流動帳戶，隨時可取，如同深夜裏的一盞暖燈，讓妳無懼風雨。

在實際操作中，我會帶領客戶細數現有資產，例如存款HK$20萬、保單HK$30萬、股票HK$10萬，逐一檢視比例與缺口。若緊急積蓄不足，便建議每月儲蓄HK$5,000逐步補足。隨著人生階段的更迭，配置亦需靈活調整，25歲時或許更進取，增長資產佔40%、高風險資產佔10%；到了40歲則轉向穩健，核心資產增至60%、增長資產降至20%。

我曾協助一位客戶調整配置，她後來輕聲說道：「終於能睡得安穩了。」這句話，如同一陣暖風吹過心間。各位女生，妳要擁有分散而又穩健的財富配置，才能真正成為自己的靠山，綻放屬於自己的光芒。

//Step 4：著力克服金錢焦慮？

在陷阱 3 與陷阱 8 中，揭示了濫用信用卡與一味節儉的後果，Elaine 因刷卡過度而淚流滿面，阿珍則節儉到失去朋友，這一切背後的推手，正是金錢焦慮——對貧窮的恐懼、對落後的焦灼、對不足的無力感。從事保險工作時，我見過不少客戶花錢「月月清」，也見過有人因過度節儉而失去生活的色彩。心態失衡，財務自然亂成一團。

要走出這片迷霧，第一步是建立財務紀律。我建議使用記帳應用程式，每日記錄收入與支出，將其分為「必須開支」（如食、住、行）以及「非必須開支」，比如在街上看到一份值得「打卡留念」的甜品，可以在消費前先打開記帳應用程式，看看自己有沒有「鬆動錢」來作衝動消費。第二步是重塑財務思維——我們被

教育「慳錢就是安全」，但真正的理財不止於節流，更關乎增值與選擇權。省下 HK$100 是小小的勝利，賺取 HK$1,000 才是真正的進步。錢並非可怕的怪獸，而是助妳實現夢想的溫柔助力。

錢焦慮之所以強烈，是因為「個心無底」！在我個人實踐以上紀律的時候，憑藉會計背景，我用 Excel 製作了「現金流表」：收入減去支出等於儲蓄，每天花 5 分鐘記錄，每月回顧一次。更重要的是，重新定義安全感。其實只需回答一個問題：「我到底要幾多錢，先會安心？」，請試試寫下這幾項：

- **每月基本開支**
- **緊急積蓄（6-12 個月）**
- **每月穩定被動收入目標**

當這些「安全數字」浮現，焦慮感會自動收斂。

//Step 5：打造長期財務計劃

短期計劃是起點，長期計劃則是終局。對香港女生而言，「黃金 20 年」是財富累積的關鍵時間，我不希望妳到了晚年才徒留遺憾。根據我的經驗，長期計劃應從繪製個人「財務藍圖」開始，清晰列出年份、目標、資產總額、被動收入與實現工具。例如：

年份	目標	資產總額	被動收入	工具
2025	儲 50 萬	50 萬	$5,000/ 月	保單 +ETF
2030	買樓 + 200 萬現金	200 萬	15,000/ 月	租金 + 股息
2040	財務自由	500 萬	30,000/ 月	多元組合

從事稅務工作時，我常提醒自己和客戶，股息與租金是需要申報納稅的，但保單回報多數免稅，兩者權衡之下，保單明顯有一大優勢。除此之外，3 至 5 年的成長計劃是實踐的關鍵，這是「從概念到實現」的過程，好像：

第 1 年 償還高息債務，建立 6-12 個月緊急積蓄

第 3 年 投資組合初成，年度回報平均達 5%，開始收取小額被動收入（如股息、回報型保單）

第 5 年 被動收入達每月 HK$10,000，資產累積至 HK$1,500,000

我曾經協助一位客戶從 HK$500,000 起步，五年間穩定累積至 HK$1,500,000，靠的不是奇蹟，而是紀律、策略與每年檢視目標。香港女孩無需畏懼複雜，長遠計劃是一步步走出的坦途，妳值得擁有這份安心與成就。

入行初期，我見過很多新人為了追業績成為「銷售機器」，甚麼保單都硬推，管不了客戶是否真正需要。我選擇走的是專業路線，運用自身擅長的會計與稅務知識，為客戶度身設計合適的財策方案。特別是在稅務規劃方面，如果巧妙地運用保單協助客戶節省支出，令他們更有效達到理財目標，正是我多年來的拿手強項。好像前幾年，很多香港中產家庭移民到英國，當時有一對陳氏夫婦在計劃移民時，就找我幫忙處理稅務及財富規劃，由於二人都已經 69 歲，選擇到英國退休需要作出謹

慎選擇。原來本身他們分別在銀行和保險公司都買有年金，一直派息到2032年，加上在香港島有一個單位出租，每月租金收入約17,000港元，他們的關注點是：

- 如何將資產合法、安全轉移至英國
- 如何減少雙重課税或不必要的成本
- 如何維持穩定現金流應付退休生活

當時，陳先生望着我，語氣平靜卻藏著不安地説：「我們這把年紀，不怕少賺，但最怕出錯。」我明白他們的擔憂——從熟悉的香港踏進人生新一章，已經需要很大的勇氣，更何況還要面對複雜的資產安排與異地税制。他們想要的，不是甚麼高風險的回報，而是一份踏實、一份可預見的退休生活。

我陪他們逐步梳理整體財務狀況，先從年金入手，確保兩份保單的現金流能穩定派息直至 2032 年。那是他們未來十年生活的定心丸。至於位於港島的出租物業，我建議他們保留產權，並以港幣收租金，將英鎊波動的風險降到最低。最重要的是，我教他們如何善用英國「Remittance Basis」稅制，把香港的租金和年金收入妥善留在本地戶口，只提取真正所需的生活費匯到英國，避免不必要的英國收入稅。

當談到未來，他們很重視如何把財富安心交棒給兩名子女。我與他們討論設立信託的可能性，並安排一份人壽保險作為應對潛在英國遺產稅的準備。那一刻，我看見太太的眼神柔和了下來，她輕聲說：「原來可以這樣安排，我一直擔心萬一我們走了，會留下麻煩給小朋友。」對我來說，這份工作從來不只是「計數」，而是理解一個家庭真正的牽掛與期盼，然後用專業和真誠，幫他們搭起安心的橋樑。陳氏夫婦離開時跟我說：「謝謝妳，讓我們移民得更安心，也走得有尊嚴。」

以上這套「5 步掌控系統」是我融合會計邏輯、保險實戰與稅務經驗，為香港女生度身設計的行動藍圖。Step 1 幫妳找回人生方向；Step 2 和 Step 3 建立穩健資產結構；Step 4 解開金錢焦慮，讓妳理性面對財務決策；Step 5 最終整合成屬於妳的長期自由路線。從設定目標開始，妳將找到人生的方向；透過策略與資產配置，讓財富穩健成長；管理心態，告別金錢焦慮；最終以長期計劃，實現財務自由。

這不是紙上談兵，而是讓妳真正「行得出」的系統，無論妳是剛畢業、剛轉行、剛成家，甚至剛醒覺，都可以從今天起步，25 歲時可小試身手，40 歲時亦能重新起航，學無前後，達者為先！

財務自主，從來不是命運賜予，而是行動累積。

Chapter 13 //

學會 Say No 不再為財務委屈自己

從回溯人生故事；

分析過常見陷阱；

參考了財控策略；

到訂下自主藍圖；

看到這裏的妳，是時候要明白妳接下來的奮鬥目標是甚麼了。

學歷？事業？金錢？家庭？退休保障？

No！對我來說，最終目標從來不只是變得有錢，而是要讓自己擁有更多「選擇權」。

真正的財務掌控，是能夠勇敢地對不適合、不喜歡、不值得的選擇說一句堅定的——「No！」

我在會計、保險與稅務行業走過十多年，從一名月光族走到今天的財務自主，這段路不容易，正因經歷過困局與轉折，我更深信在25至45歲這段「黃金20年」，是香港女生們建立財富、底氣與人生主導權的關鍵時期。財務自由，不只是數字上的富足，而是情緒與選擇上的自主。我見過不少戶口有千萬資產的人，仍每日為錢奔波，無法過想要的生活。為甚麼？因為他們擁有的是金錢，不是自由。

// 不懂拒絕，最終失去更多

接下來，我會分享一些自己的經歷與見聞，幫妳看清財務掌控背後的真正價值，不只是追逐金錢，而是用金錢換自由，用自由換更多尊嚴與選擇權。

- 不必為了工資，接受無止境的加班與壓力；
- 不必為了面子，勉強參與消耗自己的應酬；
- 不必為了短期利益，犧牲長遠價值觀；

我自己也曾被這些情況困住：老闆要求 OT 到凌晨，我咬緊牙關不敢拒絕；朋友邀約飯局，明明不想去，卻擔心失禮而硬著頭皮刷卡買單。這些「不敢說 No」的日子，我經歷過，也知道很多香港女生同樣在忍耐中煎熬。

25 歲時，我剛投身會計行業，收入不高，內心卻充滿「金錢焦慮」，覺得一定要拚命搏盡，每個機會都不能錯過。後來轉行做保險，初期為了拓展客戶，甚麼單都接，甚至幫不適合的客戶設計財務方案。結果呢？有客戶買了錯的保單，對我失去信任，我要花時間補救、解釋、修復關係。

那一刻，我痛定思痛，明白到——不懂得 Say No，會傷害自己，更會傷到別人。

後來，我改變策略，學會揀客。只為真正重視財策的客戶服務，建立長遠專業信譽。現在的我，不再「賣產品」，而是「解決問題」。Say No，不但沒有令我損失收入，反而強化了我的價值定位。

// 建立 Say No 能力的三個實用步驟

1. 清晰自己的價值觀

問問自己：

- 我想要的是甚麼？（例如：穩定收入、自主時間）
- 我絕對不想要的是甚麼？（例如：無止境 OT、違背原則的合作）

當妳知道自己底線在哪裏，Say No 就不會內疚，反而是一種保護。

2. 建立財務底氣，減低「被錢挾持」的風險

以 8 年前的我自己為例：

- ▶ 每月儲蓄 30%（HK$7,500/ 月，月入 HK$25,000）
- ▶ 分配至保單與基金，5 年後建立 HK$500,000 的後盾

有了緊急資金與投資回報的支撐，妳自然敢於選擇「對的工作」、「對的人」，不需再為五斗米折腰。

3. 練習專業而有界線的拒絕

Say No 不等於冷漠。妳可以堅定而有禮地說出立場：

- ▶「這個建議未必適合妳，我可以提供另一個選項。」
- ▶「感謝邀請，但我這段時間專注其他方向，希望日後有機會再合作。」

溫柔而堅定，是最有力量的拒絕方式。

香港生活節奏快，女性壓力大，很多時候我們被教導要「忍耐」、「討好」、「做乖女」。但我想告訴妳：妳不需要討好世界，妳只需要對自己誠實，重要事情要再說三次：

有了財務掌控，妳一步步實現財務自由，就可以不需要討好世界！

有了財務掌控，妳一步步實現財務自由，就可以不需要討好世界！

有了財務掌控，妳一步步實現財務自由，就可以不需要討好世界！

只要妳願意建立財務根基、清晰目標與價值觀，妳就會發現：Say No，不再困難。反而，是讓妳活得有尊嚴、有選擇的開始。至於如何將「選擇權」真正活用，設計屬於自己的人生節奏與財富節拍？

或許我接下來聽聞到的「包養」故事，正可以啟發妳更多反思。

Chapter 14 //

用專業
擊退「包養」
用信任
打開內地市場

在保險業十多年的歷程中，我由一位普通經紀成長為區域總監（District Director），取得 1 次 TOT、1 次 COT、7 次 MDRT，這個成績並非靠推銷而得來。相反，我在這段路上充滿了奇遇與教訓，也讓我對「專業」有了更深的堅持與理解。很多香港人對保險業的印象，停留在推銷產品的層面，但我一直相信，保險其實是一種財務規劃工具，可以幫助客戶管理風險、累積資產、實現長遠目標，不能讓保險業劣幣驅逐良幣！

這類案例，靠的不是說話技巧，而是「用方案說服人」。我更堅信一點，專業理財顧問的價值，不只在於財富，更在於陪人一起走過人生轉折的勇氣與溫度。

//「求包養」與「人生自主」

在保險業，荒誕的故事從來不少，其中一個流傳甚廣的笑話叫「求包養」。作為女性，尤其是外表出眾的保險人，工作上頻繁接觸陌生客戶，難免引來追求者。這些追求有時伴隨惡意揣測，甚麼「勞資糾紛」「床單」「富豪小三」，每一句都像刀子，刺向女性的自尊。這種現象不獨在保險業，空姐、模特兒，甚至任何高曝光的職業女性，都可能被貼上「飛雞」或「花瓶」標籤。這些流言蜚語從來不是無辜的玩笑，而是對女性價值的貶低，試圖把我們的努力簡化為「靠個樣」或「靠關係」。

我以前初投身保險行業時，有同事已笑言我是「保險界莫文蔚」，雖然我已盡量跟保險同業及客戶保持距離，但始終都會有一些「狂蜂浪蝶」，不下一次有有錢男生追求我，並提出每個月給予我「零用錢」，希望我不要工作，全天候把時間都留來陪伴他。換句話説，就是主動想包養我，而且不只是一個男生向我提出過這種Offer。如果説沒有考慮過，絕對是騙妳的。每個人不需要工作就有家用，可以買名牌手袋、可以常常去High Tea、可以有更多個人時間去做自己喜歡的事。唯一的代價，就是被另一半（Sugar Daddy）掌控妳的生活……

妳的衣食住行，都活在他的影子之下；

妳的每一筆使費，都隨時要看他臉色而決定；

妳的人際圈子，以後就會被他主導，無法隨心去結交想識的人。

就是這種「被人掌控」的感覺，令我十分反感，也因此不敢接受任何「包養」的 Offer，更不要說主動「求包養」。

說真的，在財務策劃行業，我能夠憑自己的知識和專業賺到比普通人更多的收入，根本就不愁生活，這份收入不是為了炫耀，而是為了自由。自由意味著，我可以選擇自己的人生，不用依附任何人；我可以對不喜歡的人和事說「不」，不用委屈求全。一旦自己因為一時貪念，或者想在不付出勞力之下去享受奢華，因而安於被有錢人包養，這意味著妳把人生的自主權拱手讓人，從此妳就很難再有 100% 的人生自主權。

在香港，我們作為女生，絕不應該淪為男士的附屬品，所以我們一定要做好財務掌控，令自己能夠累積資產、累積底氣、累積人生更多的話語權，不被任何人去主宰妳的人生。

各位女生，我們絕不應該被定義為任何人的附屬品。相反我們需要的，是用自己的雙手，累積財富、累積底氣、累積話語權。財務掌控不是終點，而是起點，讓妳有能力活出真我，拒絕任何形式的妥協。這份信念，讓我一次又一次推開「包養」的誘惑，也讓我更堅定地走專業路線，用實力證明：女性的價值，從來不是靠外表或依賴，而是靠智慧與堅持。

◀不少同事都稱我是「保險界莫文蔚」。

只有尊重自己的專業，才會讓外界明白妳的可貴，這一項原則令我後來成功指引我開拓內地客戶市場。

// 香港女生做財策，專業就是底氣

近年香港保險市場吸引不少內地客戶，但同時也出現亂象。有些從業員為了簽單，誇大回報、隱瞞條款，導致信任危機。我選擇以透明與專業建立品牌。舉例：我會清楚向內地客戶解釋保單細節，例如一份年供 HK$50,000 的儲蓄保單，10 年後總回報 HK$650,000，IRR 約 3.5%，比內地定存吸引，同時享有保障。對一些內地企業家客戶，我會結合他們在內地的稅務安排，設計跨境財策方案，例如：利用香港保單累積免稅回報，分散資產風險，5 年資產增值超過 30%。他們選擇我，並不是因為我推銷得好，而是我懂得結合法規、稅務與理財策略，幫他們看清大局。

作為女生，當妳外表出眾而且成績上乘，自然就會有不少閒言閒語。因此，妳更加要堅持專業，以表現和客戶評價來擊碎流言蜚語。如果能夠表現得更「專業」？我有六個關鍵建議給妳：

1 提供真實價值，不玩「語言偽術」

客戶最怕的不是產品，而是被誤導。作為財策顧問，妳必須清晰解釋產品的風險與回報，包括潛在損失情境分析。無論是基金、保單還是年金，都要列出可能的最壞結果，並根據歷史回報及波動率講解。

2 建立專業品牌，讓客戶主動信任

真正的信任來自可見的專業實力。我會使用「現金流分析表」與「資產負債表」為客戶建構全面財務輪廓（收入 - 支出 = 儲蓄；資產 - 負債 = 淨值），並設定具體財務目標如「3 年儲首期 HK$100 萬，讓客戶看到明確進度，提升信任感。

3 拒絕「一夜暴富」，專注長遠財策

曾有客戶想買高風險保單「搏一鋪」，我拒絕後轉而推薦年回報 5-7% 的全球股票基金，結合美元定期與分紅保單作資產平衡。5 年後，該客戶成功儲夠首期，主動感謝我當初的堅持。妳的責任是守護客戶未來，而非迎合當刻衝動。

4 持續進修，站穩專業根基

財策顧問不單是銷售員，更是「財務教練」。我常常進修 CFP 課程、投資風險管理、退休策劃與稅務更新。妳愈專業，客戶愈願意信任妳作為長期合作夥伴。

5 度身定制方案，不能複製 + 貼上

客戶財務情況不能「一套方案走天涯」，我會根據客戶的家庭結構、收入來源、稅務狀況與風險承受能力，制定不同組合，將「適合」放在「推介」之前，才是真正的專業顧問。

6 定期回顧與主動溝通，創造長線關係

財策不是一次性交易，而是長年陪跑。我定時會為客戶檢視一次財務計劃，包括保單覆蓋、基金表現與現金流變化。專業不只在起點，更在於陪伴每一步。

在這個講求速度與業績的行業，堅持價值、建立信任並不容易。但正因為不易，才更值得。香港女生進入財策行業，不需要討好、不需要過度包裝。只要妳用心、肯學、守原則，專業與誠信就是妳最大的競爭力。當妳用專業擊退流言，用信任贏得市場，妳會發現，財務掌控不僅是財富的累積，更是人生底氣的源泉。

要學識克服誘惑，不如嘗試一個小挑戰，先問問自己：有沒有甚麼「包養式的誘惑」讓妳動搖過？之後寫下一個妳想用妳的「專業」Say No 的目標，然後列出提升專業能力的第一步（如閱讀一本財策書或報讀課程）。妳的底氣，就會從今天開始一步一步累積起來！

▲接觸內地市場，令我得到很多機會去見識大江南北的風土人情。

Chapter 15 //

為甚麼
擁有財務掌控，
才能選擇
自己想要的生活？

財務掌控之目的，從來不只是儲錢或變有錢，而是擁有「選擇權」。真正的財務自由，不是單純的資產數字，而是生活的主導權，是可以對「不喜歡、不適合、不值得」的選項説出堅定的「不」，這就是財務掌控帶來的真義！

選擇權一：職業自由

妳可以不再因經濟壓力而被迫留在不喜歡的工作，真正追尋興趣與熱情。30 歲前，我在會計行業日日 OT 到凌晨，覺得「辛苦捱唔出頭」。當時因為沒有儲蓄、不敢離職。後來轉行財務規劃工作，開啟專業顧問生涯，現在已經能夠不需要擔心失業或經濟難題，不會被工作凌駕自己了。

選擇權二：生活自由

當妳有穩健的財務後盾，就能在生活上擁有更大彈性：

- 想旅行，不必等放假加花紅
- 想轉工，不怕「無工開」的空窗期
- 想移民，也有能力預備啟動資金

我有一位 40 歲的客戶阿欣，靠保單與基金穩穩累積 HK$2,000,000 資產，年被動收入達 HK$80,000。現在她與丈夫選擇環遊世界，一邊工作一邊生活，不再受限於地點與工時，過著遊牧一樣的生活了！

選擇權三：人際關係自由

妳不再需要為錢委屈自己，可以選擇與誰共事、與誰同行。我見過太多女性為了穩定收入，忍氣吞聲與難相處的上司或合作夥伴共事。當妳有了財務後盾，妳就有力量說出：「這不適合我。」然後轉身尋找真正匹配的夥伴與朋友。

▲做到了財務掌控，令我能夠騰空更多時間陪伴家人，享受自己真心想過的生活。

// 人生擁有自由，一切都悄悄改變了

能夠有底氣 Say No，人生多了的不只是「底氣」，更是「自由」，那是一種內在的轉變。妳對金錢的認知、對未來的掌握，甚至對「值得怎樣生活」的體悟，都在悄悄重塑。曾經，我和妳一樣，是典型的「打工仔」心態，賺錢是為了生存，是為了月底能夠喘口氣；但現在，我以財務自由的身份回望那段歲月，才真正明白：金錢的意義，從來不只是數字的堆疊，而是通往夢想的橋樑：

1 錢不是目標，而是實現夢想的工具

錢不是目的地，它是妳通往夢想的通行證。不論是買樓、退休、進修、環遊世界，它的價值從來不在銀行存摺上的位數，而是在於它能成就甚麼樣的生活。我常問自己：「這筆錢能否讓我更靠近心裏的理想生活？」如果不能，那它就是冰冷的數字，而非真正的財富。

2 財務自由，不等於退休，而是有能力選擇

我從來不主張 45 歲就退休，而是希望妳擁有選擇工作的權利。不要為了收入去勉強自己接下每一個合作，而是有能力篩選，甚至説一句：「這件事，不值得我耗費人生。」

3 真正的目標，是一個不被錢綁住的人生

我永遠記得一位客戶 Apple，她為了買樓，背上每月 HK$30,000 的供款，幾乎把自己變成了房子的奴隸。每個月一到，她不是規劃旅行、享受人生，而是第一時間查銀行戶口夠不夠供樓。一場夢想中的安居，最後卻成為她不能喘息的牢籠。那一刻，我下定決心不要這樣的生活，我也不希望妳如此。

// 黃金 20 年，妳值得擁有「選擇權」

從 25 歲的月光族，到放棄安穩工作、獨自重啟人生，再到接近 40 歲，擁有穩定的被動收入。這不是一條容易的路，我走過迷惘，跌過跤，也懷疑過自己；但有一件事，我從未動搖——我不願被命運安排，我要親手寫自己的劇本。

妳的黃金 20 年，同樣不需要複製任何人的成功模式，但請妳，一定要擁有屬於自己的藍圖與信念。也許現在的妳，正站在起跑線，懷抱焦慮；也許妳已經中途轉彎，不確定方向；無論妳是 25 歲、35 歲、還是 40 歲，只要妳願意起步，願意清醒地選擇，命運，就會開始為妳讓路。

財務自由，不是神話，也不是一夜成真，它是妳一次次勇敢行動後，自然而然的結果。我會在這裏，一直陪著妳，一起走在這條清醒、有力、值得期待的自由之路上，擁有更多選擇。妳更加值得，活成妳真正渴望的樣子！閱讀這本書，我希望妳不只是讀完一堆理財知識，而是找到一條屬於自己的路。

// 真正的財務掌控，是一種人生哲學

財務掌控，從來不只是懂投資、會儲錢這麼簡單。它是一種思維方式，一套屬於妳的人生邏輯。而我從 25 歲到 45 歲的 20 年，就是一場學會選擇與放下的過程，要走得穩、走得久，就要學會資產配置、主動管理、評估風險。這是我親身走出來的路，不是書上複製出來的答案。

轉行進入保險業那年，我並不打算成為一個「推銷員」，而是一位真正的財務策略師。我知道「保險」兩個字會讓人退三步，但我選擇堅持。因為我看見它背後的力量，是人生風險的緩衝器，是財務藍圖中的穩定基石，而回看我這 20 年的人生財務路線圖，實在有很大的蛻變。

25-30 歲｜打穩基礎期 初學理財、開始儲蓄與小額投資；每月存 HK$4,000，踏出第一步接觸基金與股票。

30-35 歲｜轉型與重構期 從會計轉行保險，重新理解「理財 ≠ 做帳」；為客戶規劃資產，逐步建立自己的專業信譽與風格。

35-40 歲｜進階策略期 建立自己的資產配置系統，不再追逐短期收益，開始聚焦穩定現金流與抗風險能力。

40-45 歲｜自由掌控期 被動收入穩定，現在能主動挑選客戶，不需再為錢妥協，也有流動現金去經營生意和副業。

// 保險行業：值得女性一試的財務事業

令我人生得以 Breakthrough，關鍵是我投身保險事業。保險的價值，不只在「保障」，而在於「轉化財務的力量」。像我一位單親媽媽女性客戶另一位，靠保單儲下 HK$800,000，十年後足以讓女兒順利出國升學她看著保單對我説：「這是我第一次，覺得錢可以守住未來。」那一刻，我知道我做的，不只是銷售產品，而是守護一個女人的尊嚴與選擇。

對很多女生來說，保險是入門理財的起點，也可能是人生翻身的跳板。我親自培養過一位 30 歲的文員，原本毫無背景、收入普通，但她用心學習、堅持五年，年薪突破 HK$500,000。她不是幸運，是堅持與選擇的累積。這條路，也可能是妳的機會！掌握財務，不只是「賺錢」，而是「讓生活選擇權回到自己手上」。

無論妳現在在哪個年齡階段，這一刻開始，妳都可以重塑自己的人生方向。

黃金 20 年，是通往自由的建築期。自由從不是一夜實現，而是一次次清醒選擇後的累積。而我 Kathy Chu，會一直在這條路上，與妳同行！

◀如果妳想學掌握更多理財的正確方式，加入保險業絕對是明智之選。

Chapter 16 //

用30天開始行動吧！

我之所以寫這本 40,000 字的書，不是一本單純的理財教學書，而是一個關於「選擇權」的指南，專為 25 至 45 歲的女生而設，希望妳透過這本書能夠學會財務掌控，擁有更多人生選擇；同時可以擺脱財務焦慮，重拾人生的安全感。此外，我更希望妳自此不再倚賴他人，而是自己做決定，擁有 Say No 的底氣。因此，我希望我這本書能夠……

1. 幫妳避開常見財務陷阱，避免重蹈覆轍

2. 教妳用實用策略累積財富，逐步實現自由

3. 透過我的親身故事，讓妳找到屬於自己的理財之路

我 25 歲時未懂得何謂財商，30 歲轉行保險才「開竅」，到 40 歲時已經「財務自由」，不需再為金錢而煩惱，人生能夠返璞歸真得多。以上的進步，並不是天生賦予，而是行動的成果。故此，我非常希望妳不只是閱讀這本書，更加要自己嘗試實踐，將行動化為未來的成果。香港女生不該一輩子為錢受苦。這本書是我的心血，希望在妳的黃金 20 年中，為妳點一盞燈，照亮方向。財務自由不是遙不可及的夢，而是「行動 + 時間」的積累，無論妳是迷惘的 25 歲，還是想重新出發的 40 歲，只要願意，妳都可以用行動改寫人生。我經常說：「最好的起步是 10 年前，其次就是今天。」我 25 歲未曾起步，30 歲才醒覺，但 5 年內資產增至 8 位數字，全靠紀律與規劃。

好吧！應該如何 Take Action 呢？我才是一個普通女生，不如就把我自身的規劃分享給妳，以下是一個簡單實用的【30 天財務行動計劃】：

第一週（Day 1-7）審視自己財務狀況

- 使用記帳 App 每日記錄支出
- 區分「必需」（租金、膳食）與「非必需」（咖啡、購物）
- 整理資產總覽，如存款 HK$200,000、保單 HK$30,000、債務 HK$100,000，計算總值

第二週（Day 8-14） **設定短至長期目標**

- **短期目標：** 儲 6 個月積蓄（HK$60,000），每月儲 HK$5,000
- **長期目標：** 10 年儲 HK$2,000,000，年回報目標 5%

第三週（Day 15-21） **選擇合適投資工具**

- **儲蓄保單：** 年供 HK$30,000，10 年回報約 HK$400,000
- **ETF 基金：** HK$5,000 投資，10 年變 HK$10,000（年回報 7-8%）
- **藍籌股：** 年股息回報 4-5%，累積穩定現金流

第四週（Day 22-30） **執行並且調整策略**

- 設定每月固定儲蓄與投資金額，例如月入 HK$25,000 → 儲蓄 HK$7,500，投資 HK$2,500
- 每月檢視並調整支出與進度，持續優化策略

// 翻開新頁，妳的財務掌控之路由此開始！

先做好財務掌控，很快就可以財務自由。

財務自由從來不是終點，而是一種能力，讓妳在任何時候都擁有「選擇」的自由。我用會計知識管理現金流、用保險建立穩定回報、用稅務觀念合法節稅，這些都是我親身實踐過的方法，也希望妳能運用在自己的生活中。妳的下一步，不需要完美，但必須踏出。Imperfect Action，這是很重要的。無論是儲首期、籌備退休，還是追尋夢想，妳都值得擁有選擇權。姊妹們，從今天起，讓自己成為人生的財務掌舵人。翻開新一章，妳的故事，由妳書寫！

接下來，我將以自身專業與經驗，引領妳認識如何善用這 20 年，為未來鋪路，讓人生充滿希望與行動力。準備好了嗎？讓我們一同為這趟旅程畫下完美句點，迎向妳專屬的精彩未來！

終章 //

現在就創造
專屬妳的
「黃金20年」！

25 至 45 歲，是人生最重要的黃金時期。

回想自己 25 歲時，我剛踏入社會擔任會計，每天加班至深夜，收入僅夠日常開銷，生活壓力沉重。30 歲轉行至保險業，開始建立儲蓄與投資習慣，漸漸找到人生的方向。35 歲時，我的財務基礎逐漸穩定，也開始思考未來的生活藍圖。到了 40 歲，我進入人生黃金期，明確了未來 10 至 20 年的發展路線。如今財務不再是壓力，而是選擇權！我可以選擇工作與否、不計成本地決定旅遊目的地、隨意過自己喜歡的生活方式。

黃金 20 年，我們追求的不是單純的金錢，而是用金錢換來的自由與選擇。

人生有兩條路：一是被動接受，一是主動掌控。沒有財務規劃的人，只能隨波逐流。例如我的一位客戶 Apple，40 歲時仍被迫每月供樓港幣 30,000 元，連基本的旅行都無法安排，生活被金錢綁架。但相反，另一位客戶阿欣，40 歲時已累積保單與基金資產共港幣 200 萬元，年回報港幣 80,000 元，與丈夫四處旅行，自由自在。

問題是：當妳 45 歲時，妳希望成為哪一種人？

若缺乏財務計劃，妳可能仍為房貸、家庭支出與工作壓力焦頭爛額。我曾經接觸過一位 45 歲的女客戶，月入港幣 40,000 元，但每月供樓達港幣 25,000 元，還要照顧兩位子女，連生病都不敢請假。

但若擁有良好的財務規劃，人生將截然不同：

第一：擁有 Say No 的自由

現在，我已不需為工作和生活憂心，因為財務 100% 由我自己掌控。由於熱愛理財，我選擇繼續擔任財務顧問，也可以選擇半退休經營副業，甚至環遊世界。我為興趣而工作，而非為生計而奔波。比著妳，想不想在 40 - 45 歲時也擁有這種自由？

第二：應對家庭與個人生活挑戰的能力。

45 歲的妳，可能面對孩子教育、父母醫療及個人健康的三重挑戰。如果財務穩健，這些都不再是壓力。至於自身的興趣與健康，也不能忽略。若每月投資港幣 5,000 元至基金，年回報 7-8%，十年後即可累積港幣

100 萬元，足以支持學畫、跳舞等生活興趣，活出自我。

第三：財務自由，帶來更多選擇。

財務自由不是停止工作，而是能選擇生活方式。妳可以選擇創業開咖啡店、選擇真正想合作的人，不再為應酬委屈自己；選擇旅行地點，如冬季前往北海道賞雪，而無需斤斤計較開支。我以保險產品建立穩定回報（年化報酬率 3-5%），並以稅務規劃合理節稅（例如保單回報免稅），一步步協助自己與客戶實現這樣的生活。

香港女性值得一個無需為錢而捱的未來。到了 45 歲，擁有財務掌控權，妳就能真正做自己人生的主人。

// 從現在開始，為妳 20 年後的人生做好準備

未來的 20 年，妳可以如何規劃？如果妳是在以下不同階段，我會給予妳不同年齡的建議：

25 至 30 歲 建立財務基礎

建議妳首先儲備 6 至 12 個月生活費（約港幣 60,000 至 120,000 元），可放於高息活期戶口（年利率

約 2-3%），以備不時之需。然後開始投資，並且購買必要的保險，如醫療及儲蓄型保單，例如年繳港幣 20,000 元，10 年後可回報約港幣 260,000 元，兼顧保障與資產增長。

30 至 35 歲　擴大財富增長

我在 30 歲轉行保險業，開始學習資產配置策略，例如：50% 核心資產（定期存款、保單）、30% 增長型資產（股票、基金）、10% 高風險資產（如加密貨幣）、10% 積蓄。同時考慮進行大型投資，例如房產，建議以「年租金收入 ÷ 買入價格」計算租金回報率，3% 以上才值得投資。選擇一位值得信賴的財務顧問非常重要，例如我會運用會計知識，協助客戶制定「資產負債表」（資產總額減去負債），並定期檢視財務狀況。

35 至 40 歲　鞏固財務安全網

出來工作超過 10 年的妳，要認真地去降低對單一薪資的依賴，此時應檢查保險與投資組合，例如確保保單的內部回報率（IRR）達 3% 以上，基金年回報維持在 7-8%。也可以開始規劃 45 歲後的人生，例如是否半退休或轉型從事自己熱愛的事業。以我自身為例，利用 Excel 計算複利效應：每月投資港幣 5,000 元，年回報率 7%，10 年後資產可達港幣 100 萬元。

40 至 45 歲 享受選擇權

我在 40 歲時累積了 8 位數資產，每月有約 8-9% 的被動收入，足以支付生活費有多。因此，我可選擇半退休撰寫書籍，或繼續擔任財務顧問，任意做自己喜歡的事，不喜歡的事情就可以 Say No。妳亦應確保被動收入能覆蓋基本支出，例如租金與股息合共達港幣 80,000 元 / 月，便無需再為金錢煩惱。

不論妳現在是 25 歲、35 歲還是 45 歲，都不嫌遲。曾經我協助一位 45 歲的客戶從零開始儲蓄與投資，5 年後成功累積港幣 80 萬元資產。只要有計劃，香港女性的 45 歲後，絕對可以活得精彩。

// 妳的未來，由妳決定！

「黃金 20 年」並非口號，而是一條可行的道路。很多香港女性覺得財務自由遙不可及，實則是有系統的行動與紀律帶來的成果。本書提供的策略——如 50-30-10 法則、現金流表與投資組合配置——均來自我在會計、保險與稅務上的專業經驗，目的就是幫助妳擺脱財務壓力，重獲生活主導權。當然，這些只是基本的理財知識，如果妳想更深入了解如果為自己做好整份財務 Portfolio，不妨直接聯絡我，我會向妳分享更多這本書尚未提及的財務規劃。

請妳記住，妳今日的選擇，將決定 45 歲的生活。我常説：「最好的投資時間是十年前，其次就是今天。」香港女性值得一個不被金錢限制的人生，而這本書，希望幫助妳實現這一點。45 歲後，妳可以選擇旅遊、經營副業、陪伴家人，活出自己真正渴望的模樣。

黃金 20 年是一段我們共同經歷的旅程。我用 25 至 45 歲的摸索與堅持，換來財務自由與人生的選擇權，現在將這份智慧交到妳手中。無論妳目前是 25 歲、35 歲或 45 歲，財務掌控都能徹底改變妳的人生。從今天開始，設定目標、學習投資、制定計劃——未來的妳，會感謝今天的每一分努力。

妳的未來，由妳決定！

我會一直與妳同行，在這條充滿希望的路上，希望妳走得更穩、更遠！

---

[1] 根據《新報人》在 2024 年的報導，香港藍籌股公司的高級管理層的男女比例亦有失衡情況。在有披露的 27 間公司中，所有公司的男性高層比例均超過 60%，當中更有 3 間公司的高層全都是男性，詳見：https://rb.gy/dysqho

[2] 根據「中原城市領先指數」，由 2003 年歷史最低位 31.77，到 2021 年歷史最高位 191.34，香港樓價平均 18 年內上升了 502.26%。詳見：https://rb.gy/a7dpcd

匯聚光芒，燃點夢想！

《會計師沒教我的黑魔法 － 20/30/40 之女財育成記》

系列 ：創富系列
作者 ： Kathy Chu
出版人 ： Raymond
責任編輯 ： Sallyng
編輯 ： Brian Lee
封面設計 ： Fun Wong
內文設計 ： Fun Wong
封面攝影 ： ManTam@hei_mu_
出版 ：火柴頭工作室有限公司 Match Media Ltd.
電郵 ： info@matchmediahk.com
發行 ：泛華發行代理有限公司
九龍將軍澳工業邨駿昌街 7 號 2 樓
承印 ：新藝域印刷製作有限公司
香港柴灣吉勝街 45 號勝景工業大廈 4 字樓 A 室
出版日期 ： 2025 年 7 月初版
定價 ： HK$138、NT580
國際書號 ： 978-988-70511-8-3
建議上架 ：工商管理 / 財務管理